Cabot-Caboche

À Pec, Kanh, Louk, Diane,
Fantou, Susi, Benjamin, Ubu,
Petit, Alba, Swann, Bibi, Bolo,
Julius, Blackie, J.B., Ouapy,
Xango, et à tous les autres
chiens qui m'ont fait
l'honneur de leur amitié.

Daniel Pennac est prof et écrivain. Il a écrit des polars (*La fée carabine* par ex.) des essais, des romans. Pour les grands et aussi pour les petits.

Du même auteur, dans la même collection :
L'œil du loup

DANIEL PENNAC

Cabot-Cabo

Illustrations
de Luc Pelletier

ARC EN POCHE

I

— D'abord, quand on est un chien trouvé, on ne fait pas de manières !

C'est La Poivrée qui glapit. Elle a une voix terriblement aiguë. Ses mots rebondissent contre les murs, le plafond et le plancher de la cuisine. Ils se mêlent aux tintements de la vaisselle. Trop de bruit. Le Chien n'y comprend rien. Il se contente d'aplatir ses oreilles et d'attendre que ça passe. De toute façon, il en a entendu d'autres ! Qu'on le traite de chien perdu ne le touche pas beaucoup. Oui, il a été chien perdu, et alors ? Il n'en a jamais eu honte. C'est comme ça. Mais, bon sang, que la voix de La Poivrée est aiguë ! Et ce qu'elle peut être bavarde ! S'il n'avait pas besoin de ses quatre pattes pour se tenir dignement debout, Le Chien se boucherait les oreilles avec les pattes de devant. Mais il a toujours refusé de singer les hommes.

— Alors, tu la manges, cette soupe ?

Non, il ne la mange pas, cette soupe. Il reste devant son assiette, recroquevillé sur lui-même, une vraie boule de poils, sourde et muette.

— Très bien, comme tu voudras, oké, d'accord, à ta guise, mais je te préviens, couine La Poivrée, tu n'auras rien d'autre à manger tant que tu n'auras pas avalé celle-là.

C'est à cet instant précis que la porte s'ouvre, et que Le Chien voit apparaître, à deux centimètres de son museau, les énormes chaussures du Grand Musc.

— Qu'est-ce que c'est que ces hurlements ?

Alors là, c'est une tout autre voix. Cela sort en grondant du corps immense du Grand Musc, et les mots se mettent à rouler dans la cuisine, comme les rochers d'une avalanche, ou plutôt — Le Chien n'a jamais vu d'avalanche — comme les vieux sommiers, les carcasses de téléviseurs et les réfrigérateurs déglingués dans la décharge de Villeneuve, près de Nice. Un très mauvais souvenir, pour Le Chien. On en reparlera.

— C'est Le Chien ! Il ne veut pas manger sa soupe.

— Pas la peine de faire tout ce boucan. T'as qu'à l'enfermer dans la cuisine. Il finira bien par la manger, sa soupe.

Les gigantesques pieds pivotent sur eux-mêmes, et Le Grand Musc vide les lieux en maugréant :

— M'agace, ce clebs...

"Clebs", c'est un autre mot pour dire chien. Il y en a des tas d'autres, et pas beaucoup plus élogieux : "bâtard", "corniaud", "clébard", "cabot", etc. Le Chien les connaît tous ; il y a belle lurette qu'il ne se formalise plus.

— Tu as entendu ? Dans la cuisine ! Toute la nuit ! Jusqu'à ce que tu l'aies mangée, ta soupe !

Elle est bien bonne, celle-là ! Comme si Le Chien avait jamais eu le droit de dormir ailleurs qu'à la cuisine ! Comme si on l'avait jamais laissé passer la nuit sur la moquette du salon, chaude et bouclée

6

comme un mouton, ou dans le fauteuil de l'entrée, avec sa très ancienne odeur de vache, ou sur le lit de Pomme...

Le carrelage glacé de la cuisine, merci, il connaît. Rien de nouveau là-dedans. Tip-tap, tip-tap, La Poivrée quitte la pièce sur ses talons (aussi pointus que ses mots), et clac! la porte se referme. Et le silence. Le long silence de la nuit.

II

Ce n'est pas qu'il n'ait pas faim. Non. Ce n'est pas que la soupe soit mauvaise. Non plus. Elle en vaut bien une autre. (Même, si on renifle bien, elle a une lointaine odeur de viande, mais très très lointaine, alors.)

Non, il ne mange pas sa soupe parce qu'il est contrarié. Et il est contrarié parce que Pomme est contrariée.

Et quand Pomme est contrariée, elle ne mange pas sa soupe. Alors, lui non plus. Jamais. Solidarité. La Poivrée et Le Grand Musc n'ont jamais fait le rapprochement. Aucune imagination.

Donc, ce soir-là, à table, Pomme a coincé sa tête entre ses deux poings fermés. Le Chien a tout de suite senti venir l'orage. Des mâchoires serrées de la petite fille ne sortaient plus que des mots grinçants, très courts, des monosyllabes :

— Non. Pas faim. Veux pas. M'en fiche.

C'étaient des réponses aux questions de La Poivrée, aux ordres du Grand Musc, aux menaces de l'un et de l'autre. Pour finir, Pomme est allée se coucher, sans rien avaler et sans dire bonsoir. Juste un petit regard au Chien (un petit coup d'œil bien à elle et rien que pour lui), histoire de lui faire comprendre qu'il n'y était pour rien.

"Drôle d'atmosphère", pense Le Chien. Il a tiré une serpillière sèche du placard de la cuisine et s'est couché dessus parce que le carrelage est tout de même un peu froid. Maintenant, le museau dans les pattes, le sourcil froncé, il essaye de réfléchir devant sa soupe refroidie. "Oui, drôle d'atmosphère, dans cette maison, depuis quelque temps."

Il ne saurait dire ce qui se passe au juste, mais quelque chose se prépare. Depuis deux ou trois jours, Le Grand Musc et La Poivrée le regardent de travers. Et ils baissent la voix chaque fois que Pomme approche. Bien entendu, Pomme a fini par s'en apercevoir. A son tour d'observer ses parents du coin de l'œil. Du coup, les parents se sont mis à fuir les regards de leur fille, à bredouiller, à raconter n'importe quoi (exactement comme fait Pomme avec ses professeurs quand elle prétend avoir perdu son cartable ou bien oublié sa récitation). Drôle d'atmosphère, non ? Et, depuis deux jours, Pomme a cessé de manger. Voilà où on en est. "Qu'est-ce qui se passe ?" se demande Le Chien. Quelque chose l'a toujours chiffonné avec les hommes : ils sont *imprévisibles*. Ce n'est pas comme les autres chiens (la queue entre les pattes ou le poil hérissé, on les comprend très bien, pas de problème) ni comme les chats (ceux-là, ils ont beau prendre leur air siamois, on sait toujours, plus ou moins, quand le coup de griffe va partir), ce n'est pas non plus comme le Temps (ah ! ça, le Temps, il ne s'est jamais laissé surprendre par le Temps, Le Chien ! Toutes ces odeurs qui changent, ces insectes qui se pointent, ces oiseaux qui plongent... non, rien de moins traître que le Temps). Tandis que les hommes...

"Les hommes...", répète-t-il intérieurement. Mais il ne sait plus où il en est de ses réflexions. Ses idées perdent de leur clarté. Les mots s'enrobent de coton. Les paupières tombent. "Bon, se dit-il, le sommeil." Il tente encore d'ouvrir un œil. Mais déjà ses pattes courent après un rêve. "D'accord", soupire-t-il. Et il s'endort.

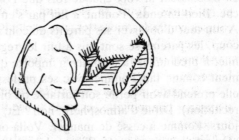

III

Comme tous les rêves de chien, les siens lui font revivre les meilleurs moments de sa vie. Les meilleurs et les autres. Toute sa vie, quoi. En désordre. Ses courses contre les mouettes, par exemple, sur le bord de la mer, à Nice.

Allongé sur la plage, Le Grand Musc ricanait bêtement.

— Regarde-moi cet escogriffe, même pas fichu d'attraper une mouette, et toute sa vie il continuera à les courser !

C'était vrai. Mais ce que Le Grand Musc ignorait, c'est que Le Chien savait très bien qu'il n'attraperait jamais aucune mouette. Et les mouettes savaient qu'elles ne couraient aucun danger avec lui. Pourtant, Le Chien continuait à courir après elles à la frange des vagues, et elles continuaient à s'envoler sous son nez avec un cri aigu. Cela faisait des étincelles d'écume dans le soleil, sans parler de l'éclair blanc des ailes sur le bleu du ciel. C'était beau. C'était un jeu. Le Chien jouait chaque fois qu'il en avait l'occasion, parce

11

que, jusqu'ici, sa vie n'avait pas été si rigolote que ça.

Et s'il gémit, maintenant, endormi dans la cuisine, si ses babines lâchent des sanglots, s'il tremble de la tête aux pattes, c'est peut-être qu'il se rappelle ses débuts de chien, sa toute petite enfance. Pas drôle du tout.

Il était d'une famille de cinq. Trois frères, une sœur et lui. A peine étaient-ils nés qu'une voix humaine avait prononcé très distinctement (une voix qui semblait venir du ciel et tomber comme un tonnerre dans la caisse de carton qui leur tenait lieu de maison) :

— Voyons, trois fois zéro, zéro ; trois fois cinq, quinze, je pose cinq et je retiens un, trois fois un, trois, et un, quatre, ce qui nous donne quatre cent cinquante ; plus cent francs pour la femelle, cinq cent cinquante ! On en tirera cinq cent cinquante francs minimum.

Et la voix avait ajouté :

— Quant à celui-là, il est trop moche, personne n'en voudra, vaut mieux le noyer tout de suite.

Il s'était senti saisi par une main énorme, élevé dans les airs à une hauteur vertigineuse, et plongé dans un seau d'eau très froide. Il s'était mis à gigoter, à gémir, à crier et à s'étouffer exactement comme il gigote, crie, gémit et s'étouffe maintenant dans son rêve.

IV

Et puis, que s'était-il passé? S'était-il évanoui? Mystère. Il ne se souvient que d'une chose : la caresse du soleil un matin, une formidable quantité d'odeurs, le tourbillon des mouettes dans le ciel, et un museau noir, à côté de lui, qui fouillait en grognant parmi les boîtes de conserve, les vieux pneus, les matelas éventrés, les chaussures qui bâillaient, bref, les ordures.

— Ah! ça y est, tu ouvres enfin les yeux, prononça Gueule Noire en se penchant sur lui; eh bien! c'est pas trop tôt! Tu n'es pas très beau, mais tu es solide, dis donc! C'est rare d'échapper à la noyade, tu sais...

Il reçut un coup de langue affectueux, puis Gueule Noire reprit :

— Eh bien! puisque tu as les yeux ouverts, profites-en pour regarder autour de toi et pour apprendre vite. Je ne vais pas te nourrir éternellement, moi, je suis vieille, je suis fatiguée, j'en ai nourri des dizaines avant toi, pour qui me prenez-vous? Qu'est-ce que ça veut dire? Non mais sans blague!

13

Sur quoi il reçut tout de même un second coup de langue et eut droit à une gorgée de lait qu'il tira d'une mamelle assez usée, il est vrai, mais un lait riche et fort, avec un goût très prononcé de noisette qu'il ne devait jamais oublier. Jamais.

Pour apprendre vite, il apprit vite ! Il faut dire que la décharge de Villeneuve, près de Nice, c'était une bonne école. Quelqu'un y avait rassemblé toutes les tentations, tous les plaisirs et tous les dangers d'une vie de chien.

D'abord les odeurs. Incroyable le nombre d'odeurs ! Elles rampaient autour du Chien, planaient au-dessus de sa tête, serpentaient, s'emmêlaient... À vous rendre fou ! Il en suivait une (quelque chose comme une odeur de couenne de jambon) avec application d'abord (« réfléchis, grondait Gueule Noire, concentre-toi »), le nez au ras du sol, et puis tout à coup, sans savoir pourquoi ni comment, il se trouvait sur la piste d'une autre (une violente odeur de rascasse qui avait fini sa vie de poisson dans une bouillabaisse). Déconcerté, il s'asseyait, comme font tous les petits chiens, en tombant lourdement sur son derrière.

— Alors quoi, tu rêves ?

Il se remettait illico au travail en fonçant droit devant lui, mais c'était une troisième odeur qu'il suivait. Alors, il perdait complètement la tête, revenait sur ses pas, tournait en rond, se mettait brusquement à courir, s'arrêtait pile, repartait, titubant comme un ivrogne, pour s'endormir tout à coup, complètement épuisé. Quand il se réveillait, Gueule Noire léchait ses plaies avec application.

— Regarde-moi ce gâchis ! Tu t'es égratigné la truffe à une boîte de conserve et coupé à un tesson de bouteille. Tu ne peux pas regarder où tu mets les pattes ?

Petit à petit, il apprit à démêler l'écheveau des odeurs, et devint même assez fort dans cette spécialité. Pourquoi ne pas le dire tout de suite ? Il devint même *le plus fort* de tous les chiens de la décharge. Même les plus âgés lui demandaient conseil :

— Dis donc, j'étais sur la trace d'un os de bœuf, tu sais, un os à moelle, genre pot-au-feu, et je viens de la perdre ; tu ne saurais pas où...

— Derrière le pneu de tracteur, là-bas, à côté de la machine à écrire, répondait Le Chien, sans même attendre la fin de la question.

Mais la décharge avait aussi ses dangers. En dehors de tout ce qui coupe, de tout ce qui pique, de tout ce qui brûle, de tout ce qui est plus ou moins empoisonné, il y avait les rats, les chats (heureusement, le plus souvent, ceux-là se bagarraient entre eux) et les autres chiens.

En général, une odeur appartenait à celui qui l'avait trouvée. On ne pouvait pas se tromper. Si un autre chien suivait déjà l'odeur, eh bien ! c'était l'odeur de ce chien qu'on sentait en premier. Il fallait alors chercher une nouvelle piste. C'était la règle. Mais, pour trouver une bonne piste, quelque chose qui vaille vraiment la peine (un os de gigot, par exemple), il fallait se lever très tôt, assister à l'arrivée du camion-benne, et se mettre tout de suite au travail. Seulement, il y a des paresseux partout, des qui ont horreur de se lever tôt, des qui préfèrent laisser les autres faire le travail et arriver au bon moment, le poil hérissé, les crocs dehors, l'œil flamboyant. On avait essayé de lui faire le coup une ou deux fois, mais Gueule Noire était intervenue. Très respectée, Gueule Noire. Très crainte. Il fallait voir comme le voleur se dégonflait devant elle, comme il filait la tête basse et la queue entre les jambes.

— Non mais sans blague !

Elle n'était plus si forte que ça, pourtant. Elle était vieille. Mais elle avait une réputation ; ça compte.

Hélas ! il y avait beaucoup d'autres dangers. Le moment le plus dangereux, c'était justement l'arrivée des camions-bennes. C'était à la fois le meilleur moment et le pire. Tellement dangereux que beaucoup de chiens refusaient d'assister à l'avalanche.

— Rien à faire, affirmait pourtant Gueule Noire ; si tu veux repérer les bons morceaux, il faut être là, au pied de la décharge, et bien regarder ce qui dégringole.

Bon sang, qu'est-ce que ça dégringolait ! Et qu'est-ce que ça tombait de haut !

— Si tu te mets là-haut, tu ne verras rien ; il faut regarder d'en bas, pour laisser à tout ça le temps de s'éparpiller. Et attention aux objets contondants !

— Aux quoi ?

— À tout ce qui est lourd, en fer, en bois, et qui peut t'écrabouiller. Il faut les éviter, sauter à droite, à gauche, mais tout en gardant l'œil pour repérer les morceaux de boucherie, qui tombent par paquets.

Et elle lui avait enseigné à sauter. Elle était encore d'une agilité incroyable.

— La force, ce n'est rien, dans la vie. C'est l'esquive qui compte !

— C'est quoi ?

— L'esquive ! L'art d'éviter les mauvais coups ! Attention à ce sommier !

Le sommier s'écrasait juste derrière eux dans un miaulement de ressorts. Ma parole, certains matins on avait l'impression que la ville tout entière vous tombait sur la tête ! Comme si les camions-bennes avaient été

16

des maisons, et comme si les maisons se vidaient entièrement ! Des lits, des armoires, des fauteuils, des postes de télévision qui explosaient en touchant le sol, un volcan !

On a beau faire attention, personne n'est à l'abri d'un accident. On a beau être heureux, personne n'est à l'abri du malheur. (Et *vice versa*, heureusement.)

Cela se passa un matin d'été, très clair. Le mistral avait soufflé toute la nuit. Le ciel était propre comme un plat en Inox bien léché. Le Chien et Gueule Noire s'étaient réveillés très tôt, avec le soleil, et de bonne humeur. Ils aimaient l'été. D'abord parce qu'ils aimaient la chaleur. Ensuite parce que l'été, sur la Côte d'Azur, c'était la saison des touristes, et que les habitants de la décharge ne mangeaient jamais mieux qu'en cette saison-là. À cause des restaurants.

Les voilà donc assis tous les deux, Le Chien et Gueule Noire, au pied de la décharge, patients. Puis, au loin, le vrombissement des moteurs. Puis un nuage de poussière, là-bas, derrière les platanes de la route. Puis le surgissement des camions-bennes. Puis le volcan. Et l'avalanche.

Comment cela se passa-t-il ? Très vite. Un accident. Une malchance. Ils avaient tout évité. Ils avaient repéré tous les bons endroits. Et pourtant, cela se produisit. Cela sortit de la dernière benne. C'était énorme et blanc. C'était en fer. Cela rebondit sur un monticule et tourbillonna lourdement dans le ciel.

— Attention à ce frigo ! prévint Gueule Noire.

Et, pendant que Le Chien faisait, en riant, un bond de côté, elle-même fit un saut en avant pour que le réfrigérateur tombât derrière elle. Ce qu'il fit. Hélas ! l'appareil avait une porte, et la porte s'était détachée en plein vol. Et Gueule Noire ne l'avait pas vue, parce que la masse du réfrigérateur la lui avait cachée. C'est cette porte qui la tua. Quand il vit Gueule Noire couchée et pantelante, Le Chien crut à une blague. Il se mit à tourner autour d'elle en jappant et en tortillant du derrière.

— Arrête de faire le clown, murmura Gueule Noire, ce n'est pas le moment.

Il s'arrêta pile et, pour la première fois de sa vie, il sentit un courant glacé lui parcourir l'échine : la Vraie Peur. Il réussit tout de même à s'approcher. Gueule Noire ne pouvait plus parler qu'en murmurant.

— Si tu vas en ville, dit-elle, fais attention aux voitures. L'esquive, mon tout petit, l'esqu...

V

On ne reste pas sur le lieu d'un malheur, pensait Le Chien. On s'en va. Mais il se disait en même temps : "Je ne serai plus jamais aussi heureux qu'ici."

Tous les autres s'étaient rassemblés autour de lui. Ils le laissaient pleurer sans rien dire. Ils étaient là, c'était l'essentiel. Les camions-bennes étaient repartis, et, dans le silence, on n'entendait que les sanglots du Chien. Un train passa, au-dessus de la décharge, avec un long sifflement plaintif. "Pourquoi m'a-t-elle parlé de la ville ?" se demandait Le Chien dans ses larmes. Depuis qu'il la connaissait, elle n'en avait parlé que deux ou trois fois, sans jamais s'étendre sur le sujet. Un jour, il lui avait demandé :

— Tu connais la ville ?

— Oui, je connais la ville.

Silence.

— C'est chouette ?

— C'est comme tout ; il y a du bon et du mauvais.

Silence.

— Pourquoi n'y es-tu pas restée ? Pourquoi es-tu venue vivre à la décharge ?

Elle avait eu une hésitation. Une ombre était passée dans ses yeux. Et puis elle avait fait cette réponse bizarre :

— Parce que, comme disait ma maîtresse : "On ne peut pas être et avoir été."

Le Chien avait d'abord essayé de comprendre, puis il s'était exclamé :

— T'as eu une maîtresse ?

— J'ai eu une maîtresse.

— Sympa ?

Alors là, elle avait observé un long silence, avant de répondre d'une voix toute changée, pleine de souvenirs, de douceur, de mystère, d'admiration, de complicité, de chagrin, et d'un tas d'autres choses mêlées :

— Très !

Puis elle avait ajouté, avec fierté :

— Je l'avais bien dressée...

C'était sans doute pour ça qu'elle lui avait parlé de la ville avant de mourir. Pour qu'il aille y chercher une maîtresse, lui aussi, et pour qu'il passe auprès d'elle sa vie de chien. Il jeta un regard circulaire sur la décharge et sur tous les autres chiens rassemblés. Pas très brillant, évidemment, ces oreilles cassées, ces pattes tordues, ces pelades, ces yeux pochés, ces milliers de puces qu'on voyait sauter dans le soleil, et surtout, surtout, cet air de solitude dans tous les regards !

— D'accord, Gueule Noire, promit-il, j'irai en ville, et je trouverai une maîtresse.

Aussi, personne ne s'étonna quand on le vit rompre le cercle des amis, gravir la colline de la décharge, et s'engager sur la route des platanes, sans se retourner une seule fois. Il pleurait toujours, mais il ne se retournait pas.

— Quand tu as pris une décision, ne reviens jamais en arrière, lui avait recommandé Gueule Noire.

Et elle avait précisé :

— L'hésitation, c'est l'ennemie mortelle du chien !

VI

S'il remue les pattes, maintenant, dans son rêve, s'il souffle comme un phoque, si son cœur bat très fort, c'est que Le Chien va vers la ville. Il se souvient très bien de ce voyage. C'était loin, la ville. Mais pas difficile à trouver. Il suffisait de suivre ce tunnel d'odeurs que les camions-bennes avaient creusé dans l'air matinal en y retournant. À chaque voiture qui venait vers lui, hop ! Le Chien faisait un saut de côté. L'esquive. Puis il s'enfonçait de nouveau dans le tunnel des odeurs. Il marchait à petits pas de petit chien, très rapides, comme quatre aiguilles qui tricotent. Il ne s'arrêtait pas, ne se reposait pas. Il ne pleurait déjà plus. Il ne pensait qu'à une chose : arriver en ville, trouver une maîtresse, comme Gueule Noire le lui avait conseillé. Tout à coup, le tunnel des odeurs se scinda en deux. Il hésita une seconde et prit celui de gauche. Il marchait, la truffe au ras de la route, incroyablement obstiné. Le tunnel se partagea de nouveau. Cette fois-ci, il prit à droite. Puis encore à gauche, puis à droite de nouveau. Enfin, il s'aperçut qu'il n'y avait plus de tunnel, que les odeurs s'étaient éparpillées autour de lui. Alors seulement, il releva la tête, s'assit sur son derrière, tira une langue grande comme ça, et souffla un bon coup. Il était au cœur de la ville.

*
**

C'était une très grande ville. Pleine de maisons, de voitures (il était devenu le roi de l'esquive), d'habitants et de touristes. C'était Nice. Ça ne devait pas être bien difficile de trouver une maîtresse, avec tous ces gens. Mais, pour l'instant, il avait faim. Chaque chose en son temps. Il leva le museau et renifla lentement, en ouvrant le plus possible ses narines. Quarante odeurs s'y précipitèrent aussitôt. Il les reconnut toutes. Elles étaient plus fraîches, bien sûr, mais c'étaient celles de la décharge. Les mêmes. On ne pouvait pas s'y tromper.

"Alors c'est ça, la ville…, c'est la décharge, en plus grand, en plus éparpillé et en plus frais."

Il tria les odeurs une à une, laissant de côté les odeurs de caoutchouc, d'essence, d'orange, de fleurs, de chaussures, et tout à coup sa narine droite s'élargit, son sourcil gauche se cabra, la salive lui vint à la bouche. Il avait trouvé ce qu'il cherchait : une fameuse odeur de viande. Et toute proche, encore ! La boucherie ne devait pas être loin.

Elle était tout près, en effet. De l'autre côté de la rue. Mais le boucher pesait cent kilos. Un air terrible. Des couteaux partout. Un tablier comme une muraille. Debout sur le pas de la porte. Les poings sur les hanches. Des massues.

— Méfie-toi des hommes, ils sont imprévisibles. (C'était la voix de Gueule Noire dans le souvenir du Chien.)

Il était assis, sur le trottoir. Il regardait le boucher sur le trottoir d'en face. La salive lui coulait sur les pattes. Quelle odeur ! Quelle viande ! Et quelle faim !... De temps à autre, une voiture passait devant lui et lui cachait le boucher. Il espérait qu'une fois la voiture passée le boucher aurait disparu. Rien à faire, il était toujours là, plus terrible que jamais. Mais l'odeur aussi était toujours là, dans les narines du Chien. Elle avait même chassé toutes les autres. Il ne sentait plus qu'elle. Elle lui montait à la tête. Sa salive, sur le trottoir, faisait maintenant une véritable mare. L'odeur, le boucher, le boucher, l'odeur... "Il faut que je me décide." « Tu réfléchis bien, tu te décides, et tu ne changes plus d'avis. » (Gueule Noire avait raison.) Il se concentra. Il regarda le boucher avec attention. Et il remarqua un détail. Entre les jambes du boucher et le bas du tablier, il y avait un petit espace carré. Juste de quoi laisser passer un chien de sa taille. "Bon, je traverse la rue à toute allure, je lui fonce entre les jambes, je saute sur le premier morceau de viande venu, et je ressors par le même chemin. Il est gros, je suis rapide, il ne m'aura pas. Avec un peu de chance, même, il ne s'apercevra de rien."

Évidemment, ça ne se passa pas du tout comme il l'avait prévu. Il fonça bien en avant, mais à peine se trouva-t-il au milieu de la rue qu'un tas d'événements terrifiants se produisirent en même temps. D'abord il entendit un hurlement qui le paralysa sur place, ensuite il vit le boucher se précipiter sur lui, ses mains rouges en avant, puis il se retrouva plaqué contre la formidable poitrine, et enfin il entendit la voix du boucher exploser à ses oreilles :

— Et alors, qu'est-ce que ça veut dire ? On vient nous écraser nos chiengs ? Quoi ? Pas content ? Hé ? Faut que je me fâche ? Va donc, eh, Parisieng !

24

Et il y eut un autre hurlement. C'étaient les pneus de la voiture qui démarrait... La voiture qui avait failli écraser Le Chien.

Maintenant, le boucher le tenait à bout de bras et le regardait droit dans les yeux.

— Et toi, qui tu es, toi? D'où tu viengs? Comment tu t'appelles? T'es pas joli joli, dis donc! Tu as faimg?

Voilà. Le boucher lui avait donné un os magnifique, encore recouvert de viande. Il l'avait laissé le ronger tranquillement, sur la sciure, au beau milieu de la boucherie. Ensuite, il l'avait laissé digérer. Le Chien s'était endormi en entendant le boucher raconter son histoire à toutes les clientes :

— Je lui ai demandé s'il voulait écraser nos chiengs, à ce Parisieng! Et je lui ai demandé s'il était pas content, s'il voulait que je me fâche...

Quand Le Chien s'était réveillé, quelques heures plus tard, le boucher fermait le rideau de fer de son magasin. Avant de le verrouiller, il s'était retourné vers Le Chien.

— Bon, qu'est-ce que tu fais? Tu restes ou tu t'en vas?

Le Chien s'était approché de lui. Ce n'était pas un maître qu'il cherchait, c'était une maîtresse. Dommage. De la patte, il gratta le rideau de fer ondulé.

— Ah! tu t'en vas? Bon. Eh bieng! va mener ta vie, va...

Il n'y avait aucune colère dans la voix du boucher. Ni aucune tristesse. Juste un air de dire : "Avec moi, tu sais, chacun fait comme il veut. C'est la liberté." Il ajouta tout de même, avec un air beaucoup plus sévère : « Mais ne va pas te faire écraser, hé? Que ça te serve de leçon ! »

VII

"S'ils ressemblent tous à celui-là, dans cette ville, se dit Le Chien en sortant de la boucherie, je ne vais avoir aucun mal à trouver une maîtresse." Et il se mit à suivre la première passante venue, avec confiance, comme s'il la connaissait depuis toujours. La passante avait de longues jambes fines, répandait une bonne odeur de violette, et ses talons faisaient tip-tap, comme plus tard ceux de La Poivrée. La passante mit un certain temps à se rendre compte qu'elle était suivie. Elle s'arrêtait devant un magasin, Le Chien s'arrêtait à ses pieds. Elle collait son nez à la vitrine, il y collait aussi le sien. Tout en bas. Elle regardait les marchandises avec envie, il flairait certaines odeurs avec sympathie. "Ça devrait marcher, entre nous, pensait Le Chien, on a les mêmes habitudes." La passante repartait, il repartait aussitôt, frétillant de la queue, le museau à deux centimètres de ses talons. Et ainsi de suite, jusqu'au moment où la passante s'arrêta devant la devanture d'un marchand de fruits. Les fruits, ce n'était pas son fort, au Chien, mais les odeurs, au pied du magasin, étaient intéressantes, des odeurs vertes déposées là par des chiens de la campagne. La passante choisit une certaine espèce de pêches, particulièrement duveteuses, Le Chien se décida pour une certaine odeur, particulièrement délicate. La passante sortit son porte-monnaie pour payer, Le Chien leva la patte pour sympathiser. Et ce fut le commencement de la fin.

— C'est à vous, ce cabot ? hurla le marchand de fruits en jetant sa tête cramoisie par-dessus le comptoir.

— Pas du tout ! protesta la passante.

— Comment, pas du tout ? Il vous suit depuis le bout de la rue !

— Mais puisque je vous dis qu'on n'a rien à voir ensemble ! (La passante s'énervait poliment.)

— À d'autres ! (Le marchand montrait ses crocs.) Ça vous fera cent francs de plus pour le cageot de pêches sur lequel il vient de lever la patte !

— Comment ? Quoi ? Qu'on appelle un agent ! s'écria la passante, au bord de l'évanouissement.

— C'est ça, qu'on appelle un agent ! approuva le marchand en bondissant dans la rue.

Les agents, c'est bien connu, arrivent dès qu'on les appelle.

— C'est à vous, ce chien ? demanda le premier agent en sortant son crayon.

— Elle dit que non, pour ne pas payer les pêches, répondit le marchand avec un sourire malin.

— Vous, le marchand, vous répondrez quand on vous interrogera, fit le deuxième agent en sortant son petit carnet.

— Mais puisque je vous dis que ce chien n'est pas à moi, sanglotait la passante.

— À propos, de quel chien s'agit-il ? demanda le premier agent.

Parce qu'il y avait maintenant une bonne douzaine de chiens assis autour du magasin, tous spécialistes de la ville, très intéressés par la dispute et qui déjà commençaient à prendre les paris.

— Je te parie une cuisse de poulet que ça va se terminer par une bagarre générale, prophétisa le vieux Boxer du marchand de chaussures voisin.

— Penses-tu, les flics vont embarquer tout le monde, c'est évident, fit le Loulou du boulanger, qui prétendait avoir beaucoup vécu.

— Mais non, beaucoup de bruit pour rien, comme d'habitude, lâcha le Lévrier de l'antiquaire, sur un ton complètement blasé.

— Eh ! le Danois, je t'ai vu, c'est toi qui as arrosé les pêches !

Cette voix-là tombait du ciel. C'était le Chihuahua de la colonelle qui, du haut de son balcon, taquinait le Danois de l'assureur, comme d'habitude. Et, comme d'habitude, le Danois répondait :

— Descends un peu, puceron ! Descends un peu si t'es vraiment un chien ! Descends dans la rue qu'on s'explique !

Le Chien (le nôtre) avait évidemment profité de la confusion pour filer en douce. "Chercher une maîtresse dans la rue, ce n'est pas la bonne méthode, se disait-il, il y a trop de monde. Il faut de l'intimité pour faire connaissance."

Cette pensée venait à peine de lui traverser l'esprit qu'il se trouva devant une porte ouverte d'où s'échappait une riche odeur de soupe de poisson. La pièce dans laquelle il pénétra était vide. Là encore il reconnut la décharge. C'étaient les mêmes meubles. Sauf que ceux-ci (l'armoire, le canapé, le téléviseur, le buffet à vaisselle) étaient sagement rangés contre les murs, et en assez bon état. "C'est donc ça, une maison, se dit Le Chien, c'est la décharge, mise en ordre."

Il décida de se coucher sur le canapé, en attendant que quelqu'un apparaisse. Il décida aussi de faire semblant de dormir, comme s'il était vraiment chez lui. Le museau enfoui dans ses pattes, il gardait tout de même un œil ouvert, histoire d'observer la première personne qui entrerait. Ce fut une grosse dame blonde, au teint frais, aux joues luisantes, aux manches retroussées sur ses bras roses, et qui marchait en se dandinant sur ses hanches toutes rondes. Elle sentait la vaisselle propre et possédait deux tout petits yeux bleus qui clignotaient derrière une énorme paire de lunettes.

"Sympathique", se dit Le Chien.

Tout d'abord, elle ne le vit pas. Elle se pencha vers le buffet et se releva, une pile d'assiettes dans les bras. Elle se retourna et se dirigea vers la table qui se tenait sur ses quatre pieds, au milieu de la pièce. Et puis elle s'arrêta en cours de route. Elle parut hésiter une seconde, se retourna de nouveau, ses petits yeux s'écarquillèrent, son nez se fronça, son front se plissa, sa bouche s'ouvrit toute grande : elle venait de voir Le Chien. Le bruit que fit la pile d'assiettes en tombant par terre... incroyable ! Le Chien, qui ne s'y attendait pas, fit un bond jusqu'au plafond. Quand il retomba sur le canapé, la grosse dame avait sauté sur une chaise.

— Un rat ! s'écria-t-elle, un rat ! Léon, viens vite, il y a un rat ! Vite ! Viiiiiiiite !

"Un rat ? se dit Le Chien, où ça, un rat ?" Et ses poils se hérissèrent sur tout son corps, parce que les rats, il connaissait, ça ne lui faisait pas peur. S'il pouvait commencer sa vie auprès de sa maîtresse en assommant un rat, ce ne serait pas plus mal. Il prit donc l'air le plus terrible possible. Ses babines se retroussèrent silencieusement sur ses canines, fines, pointues et luisantes comme des aiguilles d'acier. La grosse dame blonde passa de la chaise sur la table.

— Léon, je t'en prie, vite ! vite ! il est énorme, énooooorme !

Léon ne pesait pas plus de quarante kilos, mais il était armé d'un manche à balai et ses yeux lançaient des éclairs.

— Où ça ? Où ça ? s'écria-t-il en faisant irruption dans la pièce.

— Là, sur le canapé, répondit la blonde en pointant un doigt tremblant sur Le Chien.

Il évita le premier coup de balai de justesse, évita aussi le deuxième, et le troisième, courant dans la pièce, sautant à droite, à gauche, comme Gueule Noire le lui avait appris, pendant que le manche à balai pulvérisait un pot de fleurs, écrasait le téléphone, brisait deux vitres d'un coup... Finalement, Le Chien choisit de s'en aller, persuadé qu'il ne convaincrait jamais ces deux cinglés qu'il n'était pas un rat. Il sortit par la porte, en courant, mais le plus dignement possible.

La nuit était tombée depuis longtemps sur la ville. Les maisons avaient avalé leurs habitants. Les voitures s'étaient endormies sur le bord des trottoirs. Le Chien marchait tout seul au milieu des rues. La lumière jaune des lampadaires lui faisait une ombre très noire. Et Le Chien pensait : "Si j'avais su, je serais resté chez le boucher." Les hommes étaient vraiment imprévisibles ! Avec eux, rien ne se passait jamais comme on s'y attendait. Les odeurs aussi s'étaient endormies. Elles gisaient par terre, comme dorment les odeurs, en bougeant vaguement. Le souffle salé de la mer toute proche tirait sa couverture au-dessus d'elles.

Le Chien marchait comme dans un rêve. Ses pattes ne faisaient pas de bruit. "Allons bon, se dit-il, voilà le sommeil." Il choisit le plus confortable des bacs à fleurs de la place Garibaldi, creusa son nid parmi les géraniums, tourna six fois sur lui-même et s'enroula en poussant un soupir. "Mais, avant de m'endormir, il faut que je prenne une décision." Il réfléchit quelques secondes encore. Un clocher sonna minuit au-dessus de la vieille ville. "Bon, décida Le Chien, demain je retourne chez le boucher. Ce n'est pas une maîtresse, mais Gueule Noire m'approuverait sûrement. Et puis, qui sait ? il est peut-être marié…"

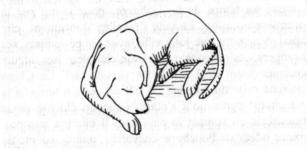

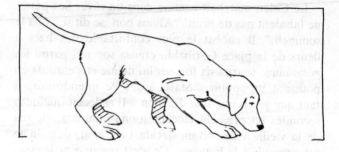

VIII

Il se réveilla avec le soleil. C'est une habitude qu'il devait d'ailleurs toujours conserver : se lever tôt, comme au temps de la décharge, pour sauter sur la première occasion. La ville s'éveillait doucement, elle aussi. Vraiment une jolie ville, avec ses géraniums, ses orangers, ses maisons ocre et son ciel bleu. Les odeurs commençaient déjà à monter vers le ciel. Le Chien chercha celle du boucher. Il mit un certain temps à la retrouver, parce qu'il s'était beaucoup éloigné de la boucherie en suivant la passante. Il élimina une première odeur de boucherie chevaline, une deuxième de boucherie aux hormones, hésita sur une troisième de boucherie-charcuterie, et se décida finalement pour la dernière, la plus lointaine, la plus ténue. Il venait d'y reconnaître, outre une saine odeur de viande riche en herbe et en liberté, l'odeur du boucher en personne. C'était un parfum de lavande très délicat que Le Chien avait immédiatement repéré quand l'autre l'avait serré contre sa poitrine. Pas d'accord! direz-vous, à Nice beaucoup de gens doivent sentir la lavande. C'est vrai.

Mais pas beaucoup de bouchers. Ils sentent plutôt le persil, en général. Non, une forte odeur de bœuf des prés, mélangée à un délicat parfum de lavande, ça ne pouvait qu'être son boucher. Aussi se mit-il en route sans une hésitation, le nez en l'air, très attentif, comme d'habitude.

Il marchait contre le vent, pour ne pas perdre sa piste. Il ne prêtait aucune attention à ce qui se passait autour de lui.

— Quand tu suis une piste, ne te laisse pas distraire, murmurait Gueule Noire, quelque part dans sa mémoire.

Autour de lui, pourtant, le spectacle ne manquait pas d'intérêt. Les concierges balayaient le pas de leurs portes pendant que les camions-bennes avalaient les poubelles, une mâchoire à la place du derrière. Et quelle mâchoire ! Ça mélangeait n'importe quoi (viande, tissus, chaussures, emballages de plastique...) et ça vous broyait tout dans un affreux tintamarre de ferraille. Pendant que les camions-bennes prenaient leur petit déjeuner, d'autres camions glissaient en sifflant sur des coussinets de balai-brosse, qui tournaient à toute allure et envoyaient des jets d'eau de tous les côtés. La ville faisait sa toilette matinale. C'est que c'était une ville de touristes. Une ville qui se devait d'être « présentable », comme disait son maire. Tirée à quatre épingles, même. Nettoyée, astiquée et fleurie chaque matin.

— Ma parole, ils font la guerre aux odeurs ici ! marmonnait Le Chien en essayant de ne pas perdre la trace de sa boucherie.

Il était dix fois plus concentré que d'habitude. C'est sans doute pourquoi il n'entendit pas s'approcher la camionnette grise. Il faut dire qu'elle ne faisait aucun bruit. Elle le suivait depuis un certain temps déjà, moteur coupé, en glissant le long du trottoir, silencieuse comme un brochet. Et aussi dangereuse. Bref, il ne l'entendit pas. Quand le filet s'abattit sur lui, il était trop tard.

— Et un de plus !

Le Chien mordit la main. Mais elle était couverte d'un épais gant de cuir. Une porte de fer s'ouvrit. On jeta Le Chien dans un trou noir. La porte claqua. Le chauffeur remit le moteur en marche.

IX

— Alors, tu t'es fait avoir, toi aussi ? fit une voix dans l'obscurité.

Le Chien mit un certain temps à entrevoir celui qui lui parlait.

— Tu es jeune, toi, pourtant, reprit la voix, tu dois être agile, tu aurais pu leur échapper.

— Justement, fit une autre voix, grincheuse et nasillarde, c'est jeune et ça ne sait pas ! Ça ne regarde pas où ça fourre son nez et ça se retrouve au trou sans savoir comment.

— Et toi, qu'est-ce que tu fais là, puisque tu es si malin ? interrogea la première voix sur un ton fatigué.

— Moi, c'est pas pareil, glapit la seconde voix ; moi, ils m'ont cueilli pendant que je dormais ! Et j'aime autant te dire qu'ils ne vont pas me garder longtemps, moi ! À la première occasion, hop ! ni vu ni connu, je me tire…

— Ça va, ça va, vous dites tous la même chose, reprit la première voix, qui appartenait à un gros tas

35

laineux couché au fond de la camionnette. N'empêche que, si on s'en sort, ce coup-ci...

— Où va-t-on ? demanda enfin Le Chien en s'adressant au Laineux.

— Et ça demande où on va, en plus ! s'exclama le Nasillard. Tu tombes du ciel, mon pote ! Qui est-ce qui m'a fichu un crétin pareil ?

— Fous-lui la paix, tu veux ? gronda le Laineux, dont la canine brilla dans la demi-obscurité.

Puis, en se retournant vers Le Chien :

— On nous emmène à la fourrière.

— Pourquoi ? demanda Le Chien, qui aurait bien voulu savoir aussi ce qu'était la « fourrière » mais qui n'osait poser toutes ces questions en même temps.

— Il demande pourquoi ! Non mais je rêve ! "Pourquoi ?" il demande !

Et tout à coup Le Chien entendit la voix du Nasillard réciter, tout contre son oreille :

— Arrêté municipal du 1er juillet de cette année : *En vue de l'assainissement de notre ville et compte tenu de la prolifération des chiens errants qui nuisent au tourisme, il sera quotidiennement procédé au ramassage desdits chiens par les services compétents de la municipalité. Si aucune réclamation de propriétaire n'est intervenue DANS UN DÉLAI DE TROIS JOURS...* couic !

— Le dernier mot est de moi, susurra le Nasillard avec un affreux sourire, c'est moins administratif, mais ça veut dire la même chose.

Sur quoi, tout le monde se tut. La camionnette roulait en pétaradant. De temps en temps, le moteur s'arrêtait. On entendait alors la voiture glisser sur ses pneus en freinant doucement. Parfois, elle s'arrêtait brusquement et la porte s'ouvrait sur une silhouette de chien qu'on jetait à l'intérieur.

— C'est une erreur ! Je proteste ! Vous ne savez pas

à qui vous avez affaire ! criait le nouveau venu, pour la plus grande joie du Nasillard.

Ou bien le nouveau venu, à moitié endormi, ne criait rien du tout.

Ou bien il disait simplement :

— Salut, les copains ! Charmant réveil, non ?

Et il demandait :

— De combien, le délai ?

— Trois jours, répondait le Laineux.

— Sinon, couic ! précisait le Nasillard.

Mais il arrivait aussi que la camionnette remette son moteur en marche sans que la porte se soit ouverte. Alors, c'était un chahut monstre, le Nasillard gueulant plus fort que tout le monde :

— Raté ! Raté ! Bouh, les minables ! À la porte ! Tu parles de chasseurs de chiens ! Chasseurs de tortues, oui ! Ra-té ! Ra-té ! Ah ! les môvais... C'est des escargots qu'il vous faut ? Des limaces ? Raaaaa-té ! Raaaaaa-té !

Même le Laineux s'y mettait. Et puis le vacarme diminuait, diminuait, et finissait par s'arrêter complètement.

Parce que, tout compte fait, la situation n'était pas si drôle que ça.

X

Pas gaie, la fourrière. Son plus terrible souvenir de chien. C'est toujours à ce moment-là de son rêve que Le Chien se met à hurler dans la nuit. Alors, Le Grand Musc se réveille en sursaut et grogne : « Encore Le Chien qui rêve ! ça ne peut pas durer ! » En vérité, il a peur, Le Grand Musc. Ce long hurlement qui monte de la mémoire du Chien lui glace le sang. Et Le Grand Musc réveille La Poivrée, pour se sentir moins seul.

— Quoi ? Qu'est-ce que c'est ? Qu'est-ce qui se passe ?

— C'est Le Chien, il rêve, chuchote Le Grand Musc.

— Encore ! s'exclame La Poivrée. Décidément, ça ne peut pas durer, elle grince, La Poivrée.

Quant à Pomme, elle dort. Elle dort du sommeil des enfants que même les coups de canon ne réveillent pas.

Et Le Chien est enfermé dans la cuisine. Seul avec son rêve. Seul avec le souvenir de la fourrière.

*
**

Quel boucan quand ils pénétrèrent dans la fourrière ! Comme les voix résonnaient, dans ce hangar de fer et sur ce sol de ciment !

Tous ceux qui étaient déjà là s'étaient précipités sur les barreaux de leurs cages. Les aboiements éclataient de toutes parts :

— Eh ! les gars, v'là les bleus !

— C'est gentil de venir nous tenir compagnie.

— Tiens, le Nasillard ! Alors, grande gueule, tu t'es encore fait choper ?

— Trois jours ! Trois jours !

— Vive le maire !

— La soupe n'était pas bonne, dehors ?

Etc., etc.

Tout ça pour faire les forts, pour montrer qu'ils n'avaient pas peur. Mais le silence retombait bientôt, comme dans la camionnette, et, tout au fond de ce silence, camouflée sous plusieurs couches de fierté, veillait la Vraie Peur, celle que Le Chien avait ressentie devant le corps immobile de Gueule Noire.

Il la sentait rôder, cette peur, dans toutes les conversations qui se tenaient à mi-voix, autour de lui.

— Moi, disait une voix, je ne resterai pas longtemps. Juste une vérification d'identité.

— Moi, grondait une autre, le premier qui me touche, je le mords !

— Moi, je m'en fous... Pour la vie qu'on mène, de toute façon...

Et ce qu'il y avait de terrible, Le Chien le sentait bien, c'est qu'aucun ne croyait à ce qu'il disait.

Il y avait aussi ceux qui parlaient tout seuls, interminablement : « L'hygiène de la ville, qu'ils disent ! Elle est bien bonne ! Comme si c'était nous, la pollution de la ville ! Avec tous ces gaz que leurs voitures nous envoient dans le museau ! La rage, qu'ils disent, mais c'est eux les enragés, pas nous ! Ils se battent sans arrêt. Avant-hier encore, rue Gioffredo, pour une histoire de stationnement, j'en ai vu deux qui se sont sautés dessus... »

— C'est bien vrai que ce sont eux les enragés, interrompait une autre voix ; tiens, la semaine dernière, il y en a même un qui m'a mordu !

Quelques rires s'élevaient tout de même, par-ci par-là.

— Mais c'est vrai, je vous jure ! Un copain de mon maître, soi-disant. Je m'approche de lui, confiant, je lui tends la patte, et crac ! il me file un coup de dent !

— Oh ! ça va comme ça, la ferme !

Tout le monde se taisait aussitôt. Preuve que la Vraie Peur était là. Preuve que personne n'avait vraiment envie de parler. Preuve que chacun était inquiet pour soi-même.

Et les heures passaient. Ceux qui avaient un maître sursautaient chaque fois que la grande porte s'ouvrait. Les museaux se collaient aux barreaux. Parfois, c'était un maître, en effet. Alors, il fallait voir les embrassades, avec son chien retrouvé ! Difficile de savoir lequel des deux était le plus content. Le chien sautait au bout de sa laisse, et le maître n'arrêtait pas de répéter le nom du chien. Que je t'embrasse, que je te caresse, que je te lèche. L'amour, quoi !

— C'est un chien de race, évidemment, faisait remarquer le Laineux. (On les avait enfermés dans la même cage, Le Chien, le Laineux, le Nasillard, et toute la fournée de la camionnette.)

— Qu'est-ce que c'est, un "chien de race" ? demanda Le Chien.

— Un truc inventé par les hommes, répondit le Nasillard sur le ton du mépris. Un truc complètement *artificiel*. On prend par exemple un très rapide, comme le Lévrier, un très costaud comme le Beauceron, et un très résistant comme le Ratier anglais, on mélange, et hop ! ça donne le Dobermann. Une fois qu'on a le Dobermann, on ne le marie plus qu'avec des cousins Dobermann. Le résultat s'appelle une race. Les hommes adorent ça. Une race de crétins, entre parenthèses, parce que les dobermanns, moi, j'en ai connu quelques-uns, et j'aime autant te dire qu'ils n'ont pas inventé l'os à moelle, les dobermanns ! Évidemment, à force de se marier dans la même famille... Et mauvais, avec ça ! Et d'une prétention !...

— Faut pas exagérer, corrigea le Laineux, j'ai eu un ami Dobermann, il était très bien.

— Une exception, je ne dis pas, concéda le Nasillard, mais dans l'ensemble...

— Et toi, demanda Le Chien au Laineux, tu es un chien de race ?

Le Laineux réussit une espèce de sourire.

— Moi, je suis un chien de toutes les races. Tous les chiens sont mes cousins. Même le Nasillard, qui ne me ressemble pas du tout. Même toi, qui me ressembles encore moins.

— Et tu n'as pas de maître ?

Le sourire s'effaça d'un seul coup. Il y eut un long silence. Très long. Enfin, le Laineux expliqua :

— J'avais une maîtresse...

Silence.

— Et alors ?

Silence.

— Et alors, je l'ai perdue.

Le soleil était haut dans le ciel. Sous le grand toit de tôle de la fourrière, il faisait une chaleur d'enfer. Toutes les langues pendaient.

— Comment ça, perdue ?

— Comme je te le dis. Je suis parti me promener,

un soir, et, quand je suis rentré le lendemain matin, elle n'était plus là. L'appartement était complètement vide. Elle avait déménagé.

— Classique, fit le Nasillard. Elle est partie avec un homme. Son homme n'aimait pas les chiens et, entre toi et lui, c'est lui qu'elle a choisi.

— Possible, répondit le Laineux.

— Mais tu n'as pas suivi sa trace ? s'étonna Le Chien.

— À quoi ça aurait servi de la suivre ? Puisqu'elle ne voulait plus de moi, à quoi ça aurait servi ?

— T'as eu raison de laisser tomber, approuva le Nasillard. On a notre dignité, tout de même !

Le Laineux laissa passer un temps, puis il dit, d'une voix très réfléchie, comme s'il pensait tout haut :

— De toute façon, c'est ma faute. Je l'avais mal dressée...

La conversation fut interrompue par un événement que Le Chien ne devait jamais oublier. L'événement même qui, depuis ce temps-là, le faisait hurler toutes les nuits. La grande porte s'ouvrit sur le soleil couchant. Un camion noir pénétra à reculons dans l'allée centrale de la fourrière. Dix hommes à gants de cuir en sautèrent. Ils ouvrirent toute une rangée de cages, s'emparèrent des chiens prisonniers et les jetèrent pêle-mêle dans le camion. Le directeur de la fourrière surveillait l'opération avec un air humain. Les chiens aboyaient, résistaient des quatre pattes, mordaient. Rien à faire. Cela se passa très vite. Le camion repartit. Les portes se refermèrent. Silence de mort. Le vent de la Vraie Peur était passé. Tous les chiens regardaient la rangée des cages vides. C'étaient les cages du troisième jour.

XI

Le lendemain, on fit passer Le Chien et ses amis dans les cages du deuxième jour. Et ce fut une nouvelle journée d'attente. Au petit matin, une nouvelle fournée de chiens perdus les avaient remplacés dans leur cage. Même chahut que la veille, à leur arrivée. Et même journée. Juste un peu plus d'angoisse. Le soleil grandit et s'éleva au-dessus du toit de tôle, jusqu'à ce qu'il fasse une chaleur d'enfer. L'eau était tiède dans les gamelles de fer-blanc. Personne ne touchait à la nourriture. De temps en temps, un maître passait prendre son chien. Un seul chien sauvé ; beaucoup d'espoirs déçus.

Vers trois heures de l'après-midi apparut un étrange cortège. En tête marchait une grande fille blonde qui parlait très haut, avec plein d'accents circonflexes. Derrière elle, un chevelu-barbu, qui portait une espèce de machine noire avec un œil au bout. Et, en troisième position, le directeur de la fourrière, avec un air humain. Dès leur apparition, tous les chiens se mirent à aboyer ensemble :

— Les journalistes ! les journalistes ! Par ici, les journalistes ! Moi ! Moi ! Non, pas lui, moi !

— Qu'est-ce que c'est que ça ? demanda Le Chien au Laineux.

— C'est la télévision. L'annonce pour les chiens perdus. Ils viennent ici une fois par semaine, choisissent un chien, le filment avec la caméra et passent son image au journal télévisé régional, pour lui trouver un maître.

— Et qu'est-ce qu'il faut faire, pour être filmé ? demanda Le Chien.

— Il faut être beau.

— Mais alors, tu as toutes les chances d'être pris ! s'exclama Le Chien ; tu es très beau, toi !

— Merci, soupira le Laineux. Mais je suis beaucoup trop vieux. Il faut être jeune aussi. Jeune et pas trop gros.

— Jeune et pas trop gros ? Comme moi, par exemple ? Je pourrais être choisi, moi ?

— Tu rigoles, non ? coupa le Nasillard. Tu as vu ta tête ? T'es bien trop moche ! Mais moi, c'est autre chose, ajouta-t-il en bousculant Le Chien et en se collant contre la grille.

Ce qui se passa alors est à peine croyable. Le Nasillard, qui avait dit du mal de tout le monde, qui faisait le fier depuis deux jours, qui se moquait des « chiens-chiens à leur maî-maîtres », qui ne parlait que d'indépendance, de liberté, de dignité, etc., se collait maintenant de tout son corps contre la grille, et se lamentait d'une voix douce, musicale (plus nasillarde du tout), bouleversante :

— Écoutez-moi, les journalistes : je suis un pauvre chien perdu, ma vieille maîtresse est morte... Par pitié, trouvez-moi un autre foyer, avec des enfants... Je suis très doux avec les enfants, j'adore les enfants, je vénère les enfants !

Et tout ça sur un ton si convaincant, si différent des autres, que la journaliste blonde s'arrêta devant la cage, des larmes plein les yeux.

— Mon Dieu qu'il est mignon, sanglota-t-elle. Dis, coco, tu ne trouves pas qu'il est mignon ? À croquer, non ? Et joli, avec ça. Il y a du teckel à poils longs là-dedans. Ça ferait un adorable chien d'appartement, non ? Qu'en penses-tu, coco ?

Coco, c'était le chevelu-barbu. Il trouvait la caméra très lourde. Il transpirait comme une fontaine. Il répondit qu'il était d'accord.

Deux heures plus tard, après les prises de vues, on ramena le Nasillard. Très fier de lui. Le poil brillant et tout.

— C'était très chouette : maquillage, lumières, petit coussin de velours... non, très bien, vraiment. La seule chose, c'est qu'ils m'ont filmé avec une espèce de chat, un Angora, quelque chose comme ça. Puait l'eau de Cologne. Un nœud de soie autour du cou. Grotesque. Je me suis tenu à quatre pour ne pas lui sauter dessus. Mais si je le retrouve à la sortie...

Tout le monde se taisait. On était vaguement gêné pour lui. Mais le Nasillard ne s'en rendait pas compte. Il continuait à parler tout seul.

— Alors, c'est très simple : demain, à la première heure, mes "candidats-maîtres" viennent me chercher. Une cinquantaine, au minimum. Je n'aurai qu'à choisir. Le seul petit problème, c'est les enfants. Je ne peux pas sentir les enfants. M'énervent. J'ai horreur des enfants ! Mais ça n'a pas beaucoup d'importance, parce que, dès que mes nouveaux maîtres auront le dos tourné, hop ! je me tire. Voyez-vous, moi, ce que j'aime, c'est la liberté, la dignité…

Il parlait, parlait. Personne ne l'écoutait. Le soleil se couchait. On faisait un effort pour ne pas regarder du côté de la grande porte qui allait s'ouvrir.

XII

Le lendemain, en effet, on vint chercher le Nasillard. Une dizaine de maîtres se le disputèrent. Les uns prétendaient qu'ils étaient arrivés les premiers. Les autres affirmaient que c'était eux. Tout juste s'ils ne se tapèrent pas dessus.

Puis, ce fut de nouveau le silence. Et l'attente. Le Laineux et Le Chien étaient dans la cage du troisième jour. Ils y restèrent toute la journée. Le soleil se coucha sur leurs espoirs perdus.

— C'est le moment de se montrer courageux, dit le Laineux.

— Oui, fit Le Chien — et il se pressa un peu contre l'épaisse fourrure bouclée.

La porte s'ouvrit.

— Ça y est, dit le Laineux.

— Oui, fit Le Chien — et il enfouit complètement sa tête dans la fourrure de son ami.

— Du courage, gronda doucement le Laineux. Relève la tête. Quand tout est fichu, il y a encore le courage.

Le Chien releva la tête. Il était assis entre les pattes du Laineux. Tous les deux regardaient fixement la porte grande ouverte sur le coucher de soleil sanglant.

Mais ce ne fut pas le camion noir qui entra. Ce fut autre chose. Trois personnes. Une espèce de grand type, en short, rouge comme une écrevisse et l'air furieux. Une dame toute maigre, un chapeau à fleurs sur la tête, blanche comme un navet et l'air furieux. Entre les deux, la chose la plus extraordinaire que Le Chien eût jamais vue : une toute petite fille... mais toute petite, alors. Des cheveux roux, raides comme des baguettes, qui lui faisaient comme un soleil autour de la tête. Deux minuscules poings serrés. Et une immense bouche ouverte qui hurlait :

— JE VEUX UN CHIEN !

Derrière les trois visiteurs se tenait le directeur de la fourrière, l'air humain.

— Qu'est-ce que c'est encore que ça ? gronda le Laineux.

La réponse jaillit d'un seul coup, de toutes les cages à la fois :

— Des touristes !

À ce seul mot de « touristes », la fourrière tout entière fut prise d'une rage incroyable.

— Dehors, les touristes !

— Sortez !

— C'est à cause de vous qu'on est là !

— L'arrêté municipal du 1er juillet, c'est vous !

— Le touriste, c'est la mort du chien !

— Qu'on me donne un touriste à bouffer !

— Chez le maire, les touristes !

Mais, par-dessus tout ce vacarme, on n'entendait qu'une chose : le cri qui sortait de l'espèce de petit soleil roux :

— JE VEUX UN CHIEN !

— Ne crie pas comme ça, tu vas l'avoir, ton chien, ronchonnait l'écrevisse géante.

— Tu ne vois pas qu'il y a des chiens-chiens partout autour de toi, ma poupounette ? grinçait le navet à fleurs.

— JE VEUX UN CHIEN !

— Mais oui, on a compris. Papa et Maman vont le choisir pour toi.

— NON ! JE VEUX LE CHOISIR TOUTE SEULE !

— D'accord, d'accord, tu vas le choisir toi-même. Tiens, qu'est-ce que tu dirais de celui-là, par exemple ? Il est chouette, non ? On dirait un caniche.

— JE VEUX PAS UN CANICHE !

Ces hurlements, qui avaient d'abord paralysé les chiens de stupeur, les mettaient maintenant dans tous leurs états. Certains se jetaient contre les grilles, d'autres se cognaient la tête contre les murs, tout le monde aboyait :

— Assez !

— Faites-la taire !

— Dehors !

— Arrêtez le supplice !

— Coupez le son !

— À bas la p'tite fille !

Mais, par-dessus tout ça :

— NON, JE VEUX PAS UN FOX-TERRIER !

Seuls le Laineux et Le Chien restaient silencieux. Les hurlements du minuscule soleil roux leur vrillaient les oreilles, et ils ne pouvaient pas empêcher leurs dents de grincer ; mais ils se taisaient. Ils regardaient le trio qui se rapprochait d'eux, et, insensiblement, Le Chien se blottissait davantage entre les pattes du Laineux.

Et puis, tout à coup, ils furent là. Devant leur cage.

— JE VEUX CELUI-LÀ !

— Ce gros berger laineux? s'exclama le navet fleuri. C'est une très bonne idée, ça. Il est splendide. Qu'en penses-tu, chéri?

— N'importe quoi, même une girafe, pourvu qu'on en finisse, répondit la super-écrevisse en regardant ailleurs.

— Non, pas celui-là, celui-là!

Le tout petit doigt frémissant désignait Le Chien.

— Quoi? cette horreur! s'exclama le navet fleuri.

— Oui, celui-là!

— Pas question!

— C'est celui-là et pas un autre!

— Jamais!

En colère, le navet à fleurs avait une voix tout aussi terrifiante que celle de sa fille. Mais Le Chien n'entendait plus rien. Il s'était retourné et, la tête baissée, caché contre le ventre du Laineux, il parlait à toute allure entre ses dents.

— Non, je ne veux pas, je veux rester avec toi, je ne veux pas t'abandonner... ne les laisse pas m'emmener...

— Ne fais pas l'idiot, répondait le Laineux en essayant de cacher son émotion; c'est la chance de ta vie, ne la laisse pas passer.

— Rien à faire, je ne t'abandonnerai pas! s'écria Le Chien.

Et il bondit brusquement sur la grille, toutes ses petites dents dehors, comme s'il avait l'intention de dévorer le trio tout entier.

— Et en plus, il mord! hurla le navet en bondissant en arrière.

— Chic! Chic! Il mord! Je veux un chien méchant! Je veux celui-là!

50

XIII

Voilà. C'est ainsi qu'ils l'avaient emmené. L'effrayant petit soleil roux avait tenu bon, malgré une violente crise de nerfs du navet livide. À bout de nerfs lui aussi, le homard de compétition était intervenu à son tour :

— Mais laisse-la prendre ce chien, bon sang ! Sinon elle va encore nous faire une grève de la faim.

La cage s'était ouverte. Le directeur de la fourrière s'était penché, l'air humain. Le Chien avait résisté des quatre pattes et de toutes ses dents. Mais ce fut le Laineux lui-même qui le poussa dehors. D'un seul coup de museau. Alors Le Chien avait abandonné toute résistance. Il pleurait doucement dans les bras du soleil roux, soudain métamorphosé en une tendre petite fille qui ne cessait de répéter, en le caressant :

— C'est MON chien, c'est MON chien. C'est MON chien à MOI.

Le Chien avait bien trop de chagrin pour saisir ce qu'il y avait d'inquiétant dans cette phrase.

Il pleurait, c'est tout. Et il avait l'impression qu'il

pleurerait ainsi jusqu'à la fin de sa vie. Sans s'arrêter. Mais c'est bizarre, le chagrin. Même au milieu du plus terrible chagrin, on remarque des choses qui n'ont rien à y voir. Ainsi, tout en pleurant, tout en sachant qu'il perdait le Laineux pour toujours, Le Chien remarqua que la petite fille sentait la pomme. D'autant plus étrange, comme odeur, que ce n'était pas du tout la saison des pommes. Mais Le Chien devait bientôt l'apprendre : il n'y avait pas de saison pour sa nouvelle maîtresse, il n'y avait pas d'heures. Ce qu'elle voulait, elle l'obtenait tout de suite. Cet après-midi-là, elle avait dû avoir envie d'une pomme. Et ce soir-là, elle avait voulu un chien.

La double porte s'était ouverte toute grande. Le trio de touristes sortait sous les hurlements de tous les chiens déchaînés. Soudain, une ombre noire obscurcit la fourrière. Les aboiements se turent. Sous cette ombre soufflait le vent de la Vraie Peur.

XIV

C'est toujours sur cette vision que Le Chien se réveille. Le camion noir. Et le dernier regard du Laineux. Le Chien ouvre les yeux. Il a été réveillé par son propre hurlement. Cette fois-ci, Pomme se réveille à son tour.

Ce n'est pas le cri du Chien qui l'a tirée du sommeil, mais quelque chose en elle, qui lui a dit : "Réveille-toi ! Le Chien a du chagrin !"

Elle sort de sa chambre en courant. Elle se précipite dans la cuisine. Elle prend Le Chien tout tremblant dans ses bras. Bien que ce soit déconseillé, elle est pieds nus sur le carrelage de la cuisine. Bien que ce soit défendu, elle emmène Le Chien dans sa chambre. Bien que ce soit absolument interdit, elle le couche à côté d'elle, dans son lit. Et elle se met à lui parler à l'oreille. Tout doucement. Très longtemps.

— Encore ce cauchemar ? Ne t'inquiète pas, Le Chien, je suis là. Je ne t'abandonnerai jamais. Jamais !

Jusqu'à ce que Le Chien s'endorme à nouveau, complètement apaisé. Et fier de lui, en même temps.

Oui, fier, parce qu'il se dit : "Gueule Noire et le Laineux seraient contents de moi ; Pomme est une bonne maîtresse. Je l'ai bien dressée !"

Ça n'a pas été facile, pourtant...

Oh ! ça non. Pas facile du tout, même !

XV

Bien sûr, les premiers jours, tout s'était très bien passé. Pomme avait décidé de consoler Le Chien, qui pleurait du matin au soir. Et quand Pomme avait décidé quelque chose...

Elle ne quittait pas Le Chien. Elle le pressait contre sa poitrine en lui parlant doucement. Elle n'avait plus du tout la même voix qu'à la fourrière. Elle avait une voix *intérieure*. Et Le Chien entendait cette voix comme s'il était lui-même à l'intérieur de Pomme. Difficile à expliquer. C'était comme si les mots de Pomme lui faisaient une couverture chaude et bourdonnante.

Petit à petit, il cessa de pleurer. Elle l'emmena à la plage. Il courut après les mouettes.

— Regarde-moi cet escogriffe, ricanait Le Grand Musc, même pas fichu d'attraper une mouette, et toute sa vie il continuera à les courser ! C'est vraiment bête, les chiens...

Sur quoi Le Grand Musc se levait et se mettait à courir à son tour. Sauf qu'il ne courait après rien, lui.

55

Il courait, il s'accroupissait, il écartait les bras, il soufflait un bon coup, il se relevait, courait de nouveau, etc. Pendant des heures. Et, quand il avait fini son manège, il revenait s'étendre à côté de La Poivrée, l'air très fier de lui. (Inexplicable !)

— Tu t'es encore mis en nage, lui reprochait La Poivrée.

C'était vrai : lui qui ne se baignait jamais, il était toujours trempé de la tête aux pieds.

— Faut bien garder la forme ! répondait-il en essayant de toucher ses genoux avec sa tête.

À force de courir après sa propre forme et de transpirer comme une cascade, il s'était fait cette odeur particulière de musc que Le Chien avait reconnue tout de suite. Elle était sur la décharge, elle aussi. Dans le coin des équarrisseurs. Elle s'élevait des peaux de moutons abandonnées au soleil. Elle intéressait beaucoup Le Chien, à l'époque, mais Gueule Noire lui avait interdit de s'approcher des dépouilles de moutons.

— C'est une nourriture pour mouettes, disait-elle avec mépris.

Du coup, Le Chien ne s'approchait jamais beaucoup du Grand Musc. Et il ne s'approchait pas davantage de La Poivrée. Parce que, pendant que Le Grand Musc courait, sautait, transpirait, se faisait des muscles et une odeur, La Poivrée passait son temps à sortir une petite bouteille bizarre de son sac à main, et s'en aspergeait du matin au soir. La première fois qu'elle lui avait fait le coup, Le Chien était justement couché à côté d'elle. Elle sort la bouteille de son sac, elle dévisse le bouchon, compliqué comme un toit d'église, et que je t'asperge la tête, les épaules, le dessous des bras, tout. Quelques gouttes étaient tombées sur le museau du Chien, qui avait été pris d'une terrible crise d'éternuements. Des éternuements à en mourir. Tout à fait comme si on lui avait rempli les narines de poivre.

— Quoi ? Qu'est-ce que c'est ? Mais arrête d'éternuer comme ça ! Ah ! ce que c'est *malsain,* ces animaux ! s'était écriée La Poivrée.

Et tellement fort que Le Chien avait couru se réfugier dans les jambes de Pomme.

— Qu'est-ce que t'as fait à MON chien ? avait aussitôt demandé Pomme sur un ton qui ne présageait rien de bon.

— Mais je ne lui ai rien fait du tout, ma pouponnette ! C'est lui qui vient postillonner à côté de moi, ce dégoûtant !

— Mon chien n'est pas un dégoûtant, avait répondu Pomme avec une espèce de sourire, et je conseille à personne de dire que MON chien est un dégoûtant.

Sur quoi elle s'était mise à courir avec Le Chien, derrière les mouettes. Ça faisait des éclaboussures d'argent dans le ciel, sans parler de l'éclair blanc des ailes. C'était beau. Le Chien courait en bondissant. Mais, quelquefois, à la place de la mouette qui s'envolait, il voyait autre chose se découper sur le bleu du ciel. C'était blanc. C'était en fer. C'était lourd. Et ça tombait en tournoyant. Alors, Le Chien s'arrêtait pile et poussait un long hurlement, comme il l'avait fait devant le corps de Gueule Noire. Puis il revoyait le dernier regard du Laineux, et son hurlement se prolongeait, se prolongeait, jusqu'à ce que Pomme le prenne dans ses bras, le serre contre sa poitrine, et lui fasse entendre sa chaude voix intérieure.

XVI

Un autre bon souvenir des débuts, ç'avait été la cérémonie de baptême.

Ce soir-là, les amis du camping s'étaient rassemblés autour de la caravane du Grand Musc et de La Poivrée. (C'était là qu'ils passaient les vacances, chaque année, dans ce camping. Près de Nice.)

Il faisait une chaleur terrible, mais on avait quand même allumé un feu. Pour faire plus gai. Le Chien ne trouvait pas ça gai du tout. Il trouvait ça trop chaud. On avait dressé quatre ou cinq tables à la queue leu leu, on les avait recouvertes de nourriture, on y avait planté une forêt de bouteilles. Tout le monde s'était assis autour des tables et Le Chien sur les genoux de Pomme. Et Pomme à la place d'honneur. C'est sans doute pour ça que, ce soir-là, Le Grand Musc l'appelait "ma p'tite reine".

Et c'est sans doute à cause des bouteilles qu'on chantait de plus en plus fort. Le Chien ne trouvait pas ça mélodieux du tout. Il trouvait ça trop fort. Il avait une sacrée trouille, même. Il n'avait jamais vu (ni entendu) autant d'hommes à la fois. Il se faisait le plus petit possible sur les genoux de Pomme. Pour se faire oublier. Mais ça n'avait servi à rien. Tout à coup, Le Grand Musc avait brandi son verre très haut et s'était écrié :

— C'est pas tout ça, mais faudrait voir à le baptiser, ce corniaud !

(« Ce corniaud », c'était Le Chien.)

— D'accord ! d'accord ! qu'on lui trouve un nom ! braillèrent les invités, qui étaient toujours de l'avis du Grand Musc.

Pomme avait serré Le Chien contre elle, un peu plus fort.

— Qu'est-ce que t'en penses, ma p'tite reine ?

— Faut voir, avait-elle répondu sans engagement de sa part. Qu'est-ce que vous proposez, comme nom ?

Là, il y avait eu un grand silence. Personne n'y avait pensé. Au fait, tiens, à propos, en effet, quel nom ? Et, pour la première fois de sa vie, Le Chien avait vu les hommes *réfléchir*. Très intéressant. Ils se regardaient d'abord les uns les autres, en haussant les sourcils et les épaules, puis ils regardaient en l'air, chacun pour soi, en se prenant le menton dans la main, puis ils se grattaient la tête, puis ils remuaient les pieds, et enfin ils se retournaient tous ensemble vers Le Grand Musc pour lui demander ce qu'il avait trouvé.

— Je cherche, répondait Le Grand Musc.

Et tout le monde recommençait.

Le Chien commençait à trouver la soirée intéressante. Lorsqu'il réfléchissait, Le Grand Musc devenait amusant. Son front se plissait comme celui d'un bouledogue, et sa mâchoire inférieure avançait. On s'attendait à voir sortir ses canines et à entendre bouillir sa cervelle. Il devenait encore plus rouge que d'habitude. Tous les invités se taisaient en le regardant. Cela dura un certain temps. Enfin, Le Grand Musc déclara solennellement :

— J'ai trouvé.

Exclamation générale :

— Quoi ? Alors ? Dis ! Hein ? Quel nom t'as trouvé ?

Il but une gorgée de vin et dit :

— Médor !

Il but une autre gorgée et demanda :

— Qu'est-ce que vous en pensez ?

Tout le monde applaudit comme un seul homme.

— Très bien ! Parfait ! Magnifique ! Très original !

Le Grand Musc regardait Pomme avec une immense fierté. Mais, comme il ouvrait la bouche pour lui demander si elle acceptait "Médor", Pomme déclara, très simplement :

— Non.

(Le Chien poussa un soupir de soulagement.)

— Non ? Pourquoi, non ? demanda La Poivrée dans l'espoir d'éviter une dispute.

— Parce que Médor, c'est pas un nom de chien dans la vie, c'est un nom de chien dans les livres. Et pis, ça traîne partout, Médor. Voilà pourquoi non. Et non, c'est non.

Il y eut un silence embarrassé, avec des bruits de vaisselle.

Pour l'interrompre, quelqu'un proposa :

— Milou, alors ?

— Non, répondit Pomme, Milou non plus, c'est pas un nom de chien, c'est un nom d'image.

Re-silence. On commençait à se dire que ça ne serait pas si facile que ça de trouver un nom au chien. L'atmosphère n'était plus aussi gaie. On aurait dit qu'un nuage s'était formé au-dessus de la table. Principalement au-dessus de la tête du Grand Musc. Un nuage noir qui allait lancer ses éclairs d'un moment à l'autre. C'est alors que tout le monde se jeta à l'eau en même temps :

— Rex ! proposa quelqu'un.

— Prince ! fit quelqu'un d'autre.

— Mylord ! suggéra un troisième.

— Wolf ! Fidèle ! Sultan ! Caïd ! Pacha ! Baron !

À chaque proposition, Pomme répondait très simplement :

— Non.

Et, parfois, elle daignait donner une explication :

— C'est trop moche. C'est banal. C'est prétentieux. Tous les chiens s'appellent comme ça.

Jusqu'au moment où le nuage noir creva au-dessus de la tête du Grand Musc.

— Eh bien ! trouves-en un, toi, de nom, puisque t'es si maligne ! Vas-y, trouve-le ! Alors, c'est pas encore trouvé ? Hein ? ça vient ? On attend !

— "Le Chien", répondit Pomme très simplement.

— Le chien, oui, eh bien ! quoi, le chien ? Quel nom tu lui donnes, au chien ?

— Mon chien s'appellera "Le Chien", expliqua Pomme avec patience.

— Comment ça, "le chien" ? fit Le Grand Musc en ouvrant des yeux tout ronds. C'est pas un nom, ça : le chien !

— C'est le nom le plus original, le plus joli, et le plus simple. Je connais aucun chien qui s'appelle "Le Chien". Sauf le mien, ajouta-t-elle avec un regard qui signifiait que la question était réglée et qu'il n'y avait pas à y revenir.

— Mais *tous* les chiens s'appellent "le chien", ma poupounette ! intervint La Poivrée avec un rire jaune, c'est leur nom de dictionnaire ! Réfléchis un peu !

Et elle eut un regard d'excuse pour les invités.

— C'est tout réfléchi. Le mien, de chien, s'appelle

Le Chien, avec une majuscule à "chien", et une majuscule à "le", *paceque* des comme lui, il n'y en a qu'un, et c'est lui !

— Ça, c'est bien vrai, admit Le Grand Musc en distribuant des clins d'œil malins à tout le monde. Et puis, après tout, tu as raison de ne pas lui donner de nom, il est sans doute trop bête pour y répondre.

Pomme ne répliqua rien. Elle sourit. Elle se leva. Elle dit : « Bonsoir tout l' monde », et, comme Le Chien était resté assis sur la chaise à ne savoir que faire, Pomme, sans se retourner, demanda :

— Tu viens, "Le Chien" ?

Le Chien accourut aussitôt, comme si on l'avait appelé ainsi toute sa vie.

XVII

Et puis, ce fut la fin des vacances. On remonta vers Paris. C'est là que Le Grand Musc, Pomme et La Poivrée habitaient. À Paris.

Pas très agréable comme voyage, pour Le Chien. Avec de bons moments, bien sûr, mais aussi avec les autres… D'abord, c'était la première fois que Le Chien montait en voiture. (Il ne comptait pas les voyages entre Nice et le camping, qui étaient en ligne droite.) C'était la première fois que Le Chien *tournait*. Le Grand Musc avait tenu à passer par les montagnes du bord de mer (l'Esterel) parce que, disait-il, c'était plus « touristic ». « Et aussi beaucoup plus " économic " », avait ajouté La Poivrée. Le Chien se tenait debout, derrière, à côté de Pomme.

À chaque virage, il sentait que tout tournait aussi en lui. Tant et si bien que, à force de tourner, cela déborda. En voyant Le Chien déborder, Pomme devint blanche comme un nuage et déborda à son tour. En entendant Pomme déborder, La Poivrée ouvrit précipitamment la fenêtre pour déborder à l'extérieur.

Tous ces débordements mettaient Le Grand Musc dans une telle rogne qu'il s'en prenait à tous les autres automobilistes. À ces moments-là, il estimait que lui seul savait conduire. Il appuyait sur l'accélérateur et la voiture filait à toute allure. (Avec la caravane derrière, qui suivait tant bien que mal.)

Le Chien, qui avait mis le nez à la fenêtre, était en extase. Toutes les odeurs du monde tourbillonnaient dans son museau. Un ouragan de délices ! (Il commençait à s'habituer aux tournants, maintenant ; il estimait même que la voiture était une belle invention de l'homme.)

Parfois, on s'arrêtait : pour boire un coup, pour prendre de l'essence ou pour laisser refroidir le moteur. Il arrivait, à ces occasions, que Le Grand Musc retrouvât un de ces automobilistes dont il avait critiqué la façon de conduire. Ces rencontres passionnaient Le Chien. Le Grand Musc s'approchait de l'automobiliste en faisant rouler ses énormes muscles, l'air terriblement menaçant. Si l'automobiliste était de la même taille, il faisait aussi rouler les siens, de muscles. Et la conversation s'engageait. Le Chien avait déjà vu ça, sur la décharge. Deux chiens très costauds s'approchaient l'un de l'autre en grondant, le poil hérissé sur leurs épaules musclées. À les entendre grogner, la tête droite, les oreilles dressées, à voir leurs crocs luire au soleil, Le Chien était persuadé qu'ils allaient se massacrer.

— Penses-tu, souriait Gueule Noire sans même les regarder, ils ne se toucheront pas. Tout ça, c'est pour la galerie.

En effet, après avoir tourné deux ou trois fois l'un autour de l'autre, les chiens filaient chacun de leur côté, et levaient fièrement la patte sur le premier pneu venu, comme s'ils avaient remporté une immense victoire.

Avec les hommes, c'était la même chose. Les poings serrés, ils grondaient en se regardant de la tête aux pieds. Leurs ricanements découvraient des canines en or. De temps à autre, ils jetaient un rapide coup d'œil vers les admirateurs (Pomme et La Poivrée, assises sur le capot de la voiture, pour Le Grand Musc ; une autre Pomme et une autre Poivrée pour l'automobiliste). Mais ils finissaient par se séparer sans se faire de mal. Chacun des deux s'enfermait alors dans une petite maison spéciale, où Le Chien supposait qu'ils levaient fièrement la patte. La « galerie » paraissait contente du spectacle.

Puis il y eut l'autoroute. L'immensité. La voiture roulait, roulait... Le Chien n'avait jamais imaginé qu'on pût faire tant de chemin pour aller d'un endroit à un autre.

L'autoroute évitait les villes, mais elle traversait quand même leurs odeurs. Et les villes s'ajoutaient aux villes. Pomme et La Poivrée dormaient. Le Grand Musc se taisait.

Le Chien se disait qu'on l'emmenait de plus en plus loin. Et lui qui avait toujours vécu au même endroit, il commençait à ressentir le mal du pays. On l'arrachait à son enfance. À la surface de cette tristesse remontaient les autres tristes souvenirs de sa vie : Gueule Noire à côté de la porte du réfrigérateur, le Laineux parlant du dernier courage...

Le soleil se couchait. Sur le bord de l'autoroute, soudain, passa le corps d'un chien écrasé. "L'esquive, pensa Le Chien, l'esquive...", et des sanglots montèrent dans sa gorge. Ils éclatèrent comme des bulles de chagrin, dans la voiture maintenant silencieuse.

XVIII

C'est à Paris que tout se gâta entre Pomme et Le Chien. Jusque-là, Pomme avait été parfaite. Elle s'était montrée si gentille avec lui que Le Chien l'avait crue apprivoisée. "Elle a déjà dû avoir un chien dans sa vie, se disait-il, et ce chien l'a vraiment bien dressée !"

Non, Pomme n'avait jamais eu d'animal avant lui. Cela, il le comprit dès qu'il pénétra dans l'appartement parisien. Aucun chien n'avait jamais vécu là. Ni aucun chat, d'ailleurs, ni aucun oiseau. Ils y auraient laissé une odeur. Or l'appartement sentait l'homme, rien d'autre. Non, Le Chien s'en rendit compte très vite : en venant le chercher à la fourrière, Pomme avait fait un caprice. Maintenant qu'elle retrouvait sa maison, sa chambre, ses jouets, ses camarades, ses habitudes, elle se désintéressait complètement de lui.

Si l'appartement avait été une vraie maison, avec un jardin, ça n'aurait pas été si grave que ça. Le Chien serait resté dehors toute la journée. Il lui fallait peu de chose pour se distraire : quelques oiseaux, du vent dans les feuilles, deux ou trois bruits suspects pour pouvoir aboyer, une piste à renifler par-ci par-là, et il ne voyait pas le temps passer. Seulement voilà : les appartements parisiens n'ont pas d'extérieur. Tout le monde vit dedans. Et dedans, ce n'est pas drôle. D'abord, c'est petit. Et, pour un chien, c'est encore plus petit que pour un homme. À cause des endroits interdits. Pas le droit de monter sur le canapé ni sur les fauteuils, pas le droit de s'allonger sur la moquette du « livingue » (et la moquette du livingue, *c'est le « livingue » tout entier !*), pas le droit d'entrer dans la chambre du Grand Musc et de La Poivrée... Restent l'entrée (deux mètres carrés), la minuscule cuisine (quand La Poivrée n'y fait pas la tambouille), le couloir (où tout le monde vous marche dessus) et la chambre de Pomme (sauf la nuit). Mais, justement, Pomme ne voulait pas du Chien dans sa chambre.

— Fiche-moi le camp, laisse-moi jouer tranquille, occupe-toi de ton côté.

Le Chien se retrouvait dans le couloir. Il se couchait en soupirant devant la porte fermée de Pomme.

Mais, comme un fait exprès, La Poivrée sortait de sa chambre à ce moment-là, butait contre Le Chien et se mettait à crier de sa voix stridente :

— Oh ! ce chien ! Toujours dans mes jambes ! Tu ne peux pas te coucher ailleurs ?

Le Chien s'en allait, la tête basse, se cacher sous la table de la cuisine. Il y restait jusqu'à l'heure du déjeuner, où La Poivrée le chassait de nouveau :

— Pas de chien dans la cuisine pendant que je prépare les repas, c'est malsain ! ("Sain" et "malsain" étaient des mots qui revenaient sans arrêt dans le vocabulaire de La Poivrée ; et Le Chien était plutôt classé parmi les choses "malsaines".)

Il se levait donc, quittait la cuisine pour se réfugier

dans l'entrée, où il s'enroulait en gémissant, au pied du portemanteau. Mais la porte d'entrée s'ouvrait soudain : c'était Le Grand Musc qui revenait du travail. Il accrochait son manteau à la patère. Deux litres d'eau tombaient sur le dos du Chien. Des restes de pluie. Surpris par cette averse, Le Chien bondissait dans le salon, où il s'ébrouait comme un canard après un plongeon. Cela faisait un magnifique éventail de gouttelettes brillantes qui provoquait une dispute générale :

— Mon "livingue" ! s'exclamait La Poivrée d'une voix horrifiée.

Elle était en train de mettre la table. Ses yeux lançaient des éclairs. Elle pointait vers Le Grand Musc un doigt tremblant de fureur :

— C'est encore toi qui as trempé ce chien avec ton imperméable mouillé ! Combien de fois faudra-t-il que je te dise de te secouer dehors quand il pleut ?

— Et combien de fois faudra-t-il répéter que ce chien n'a rien à faire dans l'entrée ? Ce n'est pas la place d'un chien ! rétorquait Le Grand Musc de sa voix de bronze.

— Et qui est-ce qui a décidé de prendre ce chien ? C'est moi, peut-être ? J'ai toujours été contre, tu le sais très bien !

— Parlons-en ! Si je t'avais écoutée, c'est un énorme berger laineux qui se vautrerait dans l'entrée. On ne pourrait même plus ouvrir la porte ! répondait Le Grand Musc en ricanant.

— Non monsieur ! Si *toi* tu m'avais écoutée, nous n'aurions pas de chien du tout ! C'est *toi* qui as cédé aux caprices de la petite, comme d'habitude !

— Dites donc, vous deux, si vous arrêtiez de vous disputer ? proposait alors une troisième voix. Vous m'empêchez de lire, et c'est un mauvais exemple pour mes poupées.

— Ah ! tu tombes bien, toi ! Tu ne pourrais pas t'occuper de TON chien, un petit peu, non ?

Le Grand Musc et La Poivrée, soudain réconciliés, se tenaient devant Pomme qui, un livre à la main, accoudée à la porte du salon, les regardait sans baisser les yeux. Le Chien, assis entre ces trois personnes, ne savait trop quelle attitude adopter. Le Grand Musc et La Poivrée le terrifiaient. Pomme le désolait. Et, ce jour-là, elle lui fit peut-être plus de mal que jamais. Car, à la question des adultes (« et si tu t'occupais un peu de ton chien ? »), elle répondit une chose incroyable. Son regard se promena avec curiosité dans le salon, comme si elle cherchait quelque chose, puis dans la salle à manger ; elle fit mine de jeter aussi un coup d'œil dans l'entrée et dans la cuisine, et elle répondit enfin, simplement, en écarquillant les yeux :

— Quel chien ?

Et elle retourna dans sa chambre.

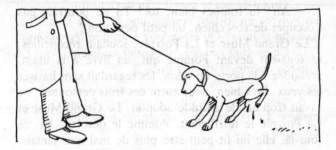

XIX

Cela dura un certain temps. Et ce fut un supplice.

Le matin, Pomme allait à l'école et Le Grand Musc se rendait au travail. Seule La Poivrée restait dans l'appartement. Cette présence ajoutait à la solitude du Chien. La Poivrée s'occupait de tout, absolument de tout dans la maison, sauf de lui. Quand elle avait fini de faire le ménage de sa chambre, elle mettait de l'ordre dans celle de Pomme, puis faisait la poussière dans la salle de séjour, passait ensuite l'aspirateur dans toutes les pièces, s'attaquait aux vitres de l'appartement et aux innombrables bibelots qu'elle astiquait jusqu'à ce qu'ils reflètent le décor tout entier comme des miroirs déformants. Et elle filait enfin à la cuisine pour préparer le déjeuner.

Tout cela, elle le faisait *exactement comme si Le Chien n'existait pas !* Et, peu à peu, Le Chien en venait à douter sincèrement de sa propre existence. Alors, à la fin de ces terribles matinées, il se mettait à aboyer, comme ça, sans raison, uniquement pour entendre le son de sa voix.

— Qu'est-ce qui te prend ? Tu deviens fou ? s'écriait La Poivrée en sortant comme une furie de la cuisine. Veux-tu te taire ! Qu'est-ce que vont dire les voisins ?

Le Chien était rassuré : il existait vraiment. Pour La Poivrée, même, il existait *trop*.

À midi, lorsque sa fille et son mari rentraient à la maison, La Poivrée leur annonçait toujours la même nouvelle :

— Le Chien a aboyé toute la matinée !

Le Grand Musc répondait en posant toujours la même question :

— Est-ce que tu auras pensé à le faire sortir, au moins ?

La Poivrée ouvrait les mêmes yeux scandalisés.

— Le sortir ? Comme si je n'avais que ça à faire !

Le Grand Musc concluait toujours de la même façon :

— C'est pour ça qu'il aboie ; il a envie de sortir.

Et il ajoutait invariablement, en se retournant vers sa fille :

— Toi, tu devrais prendre l'habitude de sortir TON chien avant le déjeuner.

— Impossible, répondait Pomme à tous les coups, j'ai mon cartable à préparer pour cet après-midi.

Avant que Le Grand Musc ait pu répondre quoi que ce soit, Pomme s'était enfermée dans sa chambre et La Poivrée dans sa cuisine. Le Grand Musc se retrouvait seul avec Le Chien. Il le regardait de très haut, la babine méprisante :

— Ça va, j'ai compris ; à moi la corvée !

Il décrochait du portemanteau une laisse qui aurait pu servir à attacher un taureau, fixait le lourd mousqueton au collier du Chien et sortait dans la rue en maugréant :

71

— Et tâche d'être rapide, hein ?

Mais, pour ces choses-là, les chiens ne sont jamais rapides. Il faut d'abord passer une dizaine de pneus en revue afin de repérer une odeur sympathique. Quand on l'a trouvée, cette odeur, il faut la flairer longuement, pour savoir à qui l'on a affaire. Ce n'est qu'après cet examen minutieux qu'on peut lever la patte sur le pneu en question. Mais il faut garder des réserves pour d'autres odeurs qui peuvent être aussi sympathiques que la première. C'est une question de principe sur laquelle les chiens ne plaisantent pas. Gueule Noire était formelle sur ce point. « Nous sommes une grande famille, disait-elle, ne l'oublie jamais ! »

Tout cela ne faisait pas l'affaire du Grand Musc. À peine Le Chien inspectait-il son premier pneu que l'autre commençait à tirer sur la laisse. Le Chien s'arc-boutait de toutes ses forces. Le Grand Musc patientait une seconde encore. Et puis il se trouvait si ridicule, vis-à-vis des autres passants, qu'il tirait un grand coup. Le Chien décollait, lâchant une traînée de gouttelettes dans l'air. Et l'on remontait à la maison.

Voilà. C'était cela, les sorties du Chien.

— Je ne comprendrai jamais pourquoi les chiens doivent absolument pisser sur *tous* les pneus de voiture ! fulminait Le Grand Musc en se mettant à table.

Jusqu'à cinq heures de l'après-midi, la maison était vide. Pomme et Le Grand Musc retournaient à leur travail respectif. La Poivrée léchait les vitrines. Le Chien restait seul. Il préférait. Au moins, il ne gênait personne. Et il pouvait penser. Le silence l'y aidait. Il réfléchissait, donc. L'attitude du Grand Musc et de La Poivrée envers lui ne l'étonnait pas ; ces deux-là ne l'avaient jamais aimé. Mais Pomme ? Pomme ?...

Comment avait-elle pu l'aimer, et cesser de l'aimer, brusquement, comme ça, sans raison ? Que lui avait-il fait pour qu'elle ait changé si soudainement d'attitude envers lui ? Rien. Quelle étrange maîtresse !... Comme les hommes étaient imprévisibles !

Il avait du chagrin, bien sûr. Mais, à travers son chagrin, montait un autre sentiment : la honte. La honte et la colère contre lui-même. Il n'avait pas su dresser Pomme, voilà la vérité ! Gueule Noire devait être furieuse contre lui. Elle ne l'avait pas seulement envoyé en ville pour qu'il y trouve une maîtresse, mais aussi pour qu'il la dresse ! Et il avait échoué. Il s'était laissé dorloter par Pomme, comme un enfant gâté, tant que le caprice de la petite fille avait duré. Et, dès qu'elle s'était désintéressée de lui, il n'avait plus du tout su quoi faire. Mais comment dresser quelqu'un *qui ne vous voit même pas ?* Toutes ces idées tournaient dans sa tête jusqu'à ce qu'il ne sache vraiment plus que penser. À ces moments-là, quand il était complètement perdu, lui revenait la phrase du Laineux à propos de la maîtresse qui l'avait abandonné.

— À quoi ça aurait servi de la suivre ? avait répondu le Laineux. Puisqu'elle ne voulait plus de moi, à quoi ça aurait servi ?

Ensuite, le Nasillard avait parlé de « dignité ».

La « dignité »...

Le Chien commençait à avoir une petite idée de ce que ça pouvait être, la « dignité ».

Au fond, Pomme l'avait abandonné. Tout comme la maîtresse du Laineux. Et lui, il restait là, à attendre. À attendre quoi ? Que l'amour de Pomme revienne, comme par magie ? Quelle blague ! Est-ce que ce n'était pas tout simplement le confort, la soupe quotidienne, qui le retenaient ici ? Ah ! elle était jolie, sa dignité ! Et dire qu'il avait eu honte de l'attitude du

Nasillard devant les journalistes... Mais lui, Le Chien, que faisait-il de mieux que le Nasillard en restant dans cette maison où Pomme prétendait qu'il n'existait pas, où La Poivrée trouvait qu'il existait trop et où Le Grand Musc le promenait au bout de sa laisse comme s'il était un cerf-volant ?

À force de réfléchir, il arrive qu'on tire certaines conclusions.

À force de tirer des conclusions, il arrive qu'on prenne une décision.

À force de décider quelque chose, il arrive qu'on le fasse.

Il décida de s'enfuir.

Il le fit.

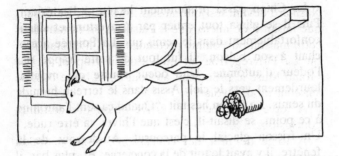

XX

Eh ! oui… il s'était enfui de la maison de Pomme. Qui pourrait croire une chose pareille à le voir dormir, maintenant, paisible, sans rêve, dans le lit de la petite fille ? Qui pourrait penser que Pomme, pendant un moment, avait cessé de l'aimer ?

Pomme est assise sur son lit. Elle s'est adossée à son oreiller. Pour ne pas réveiller Le Chien, elle a voilé d'un foulard sa lampe de chevet. Elle tourne les pages de son livre en faisant le moins de bruit possible.

Tout à coup, elle cesse de lire et le caresse doucement. Il pousse un long soupir dans son sommeil. Pomme reprend sa lecture. Vraiment, qui pourrait croire que, il n'y a pas si longtemps, il s'est enfui de la maison ?

***

C'était un jeudi. Ou un vendredi. Tout le monde était sorti. La Poivrée avait laissé ouverte la fenêtre de la cuisine. Pour l'aération. (Elle prétendait que la maison sentait le chien. Tu parles…)

Le Chien passa prudemment la tête à l'extérieur. Puis il se glissa tout entier par l'ouverture et s'assit confortablement dans le semis que La Poivrée accrochait à son balcon. Il fut tout de suite frappé par l'odeur d'automne. Une odeur rousse qui montait lourdement vers le ciel. Assis dans le terreau humide du semis, Le Chien hésitait. "Quand ça sent l'automne à ce point, se disait-il, c'est que l'hiver va être rude." Un frisson glacial le parcourut. Au-dessous de la fenêtre, il y avait le toit de la concierge. Et, plus bas, il y avait la remise des poubelles. À côté des poubelles, la porte de la cour. Grande ouverte. (On venait de livrer le fuel. En prévision de l'hiver, justement.) Le soir tombait. La Poivrée allait revenir d'un moment à l'autre. Et Le Chien hésitait encore.

"Il va être trop tard, murmura une voix en lui ; n'oublie pas, l'hésitation est l'ennemie mortelle du chien." (Gueule Noire !) "Et ta dignité, fit une autre voix, qu'est-ce que tu fais de ta dignité ? (Le Laineux !) — Je sais, répondit Le Chien, je sais, mais je ne connais personne dehors, cette ville est trop grande, elle me fait peur, et il va faire si froid, cet hiver, si froid !..." Alors, Le Chien reconnut une troisième voix, une voix nasillarde, moqueuse, qui lui demandait : "Qu'est-ce que tu préfères, eh ! patate ? Rester au chaud et recevoir des coups de balai, ou courir librement dans le froid ? Le chien est un animal indépendant, mon pote ! In-dé-pen-dant !"

Il aurait pu dialoguer ainsi très longtemps, avec ses voix intérieures, si une autre voix, bien réelle celle-là, n'était montée jusqu'à lui, du milieu de la cour. C'était La Poivrée, les poings sur les hanches, qui criait :

— Qu'est-ce que tu fais sur la fenêtre ? Et assis dans mes plantations, encore ! Attends un peu que j'arrive !

Il n'attendit pas. Pendant que La Poivrée montait

l'escalier quatre à quatre, il sautait sur le toit de la concierge, puis sur celui de la remise aux poubelles, et il se retrouva dehors.

Dehors. Dans Paris. Tout seul ! D'abord, bien sûr, il courut. Comme tous les chiens qui s'échappent. Il courait, il courait, bien décidé à ne plus jamais revenir. Il évitait même de respirer pour être sûr de ne plus pouvoir retrouver sa propre trace. Fatigant, de courir sans respirer ! Il finit par s'effondrer, complètement essoufflé, à côté d'un kiosque à journaux multicolore. Et, tandis qu'il reprenait son souffle, il essayait de réfléchir. Que faire ? Chercher une autre maîtresse ? Merci bien ! Celle-ci l'avait trop fait souffrir ! Alors ? Il eut une pensée pour le boucher de Nice. Pendant une seconde, il essaya même de retrouver son odeur de lavande, mais il se rendit compte que c'était de la folie. On a beau avoir le nez fin, à mille kilomètres de distance... Et puis, bon sang, que cette ville était grande ! Des odeurs d'essence les plus proches aux parfums d'usines les plus lointains, on avait l'impression qu'elle n'en finissait pas de s'étendre. Était-ce vraiment une ville ? N'était-ce pas plutôt la terre entière qui s'était brusquement recouverte de maisons ? À cette idée, Le Chien fut saisi d'une véritable panique. "Il faut que je sorte de Paris, se dit-il, tout de suite, par n'importe quel moyen, il faut que je retrouve une autre décharge, mes vieilles habitudes, d'autres chiens, un endroit où je me sente moins seul, moins perdu."

Pendant que ces pensées se bousculaient dans sa tête, la nuit en avait profité pour tomber complètement. Il se passa alors un phénomène étrange. Le kiosque à journaux, au-dessus du Chien, se retira derrière ses volets de bois. À ce signal, les lampadaires s'allumèrent, les fenêtres s'éteignirent et les immeubles se vidèrent entièrement de leurs habitants. Ils sortaient par milliers. De tous les côtés. Les rideaux des magasins se baissaient, les portes des bureaux se refermaient, les serrures claquaient, les voitures surgissaient des petites rues avoisinantes pour venir s'agglutiner dans la grande avenue qui s'écoulait devant Le Chien, lentement, comme un très vieux glacier.

Sur les trottoirs, les piétons marchaient à pas saccadés. Ils allaient, seuls et silencieux, ou par petits groupes qui parlaient à voix basse. Puis les solitaires et les groupes se mélangeaient, cela devenait une foule, et cette foule disparaissait lentement sous terre, avalée par une caverne noire, grande ouverte sur l'avenue lumineuse. Cet incroyable spectacle redonna du courage au Chien. Il pensa que ces gens, comme lui, cherchaient à quitter la ville. Il imagina qu'ils avaient creusé des galeries souterraines (comme le faisaient les rats dans les profondeurs de la décharge) par où l'on pouvait s'évader, et il décida de les suivre. Il se mêla donc à la foule. Avec elle, il s'enfonça sous terre. Il suivit de longs couloirs de céramique luisante où les pas des fuyards claquaient à ses oreilles, et il se retrouva sur un quai. Quelque chose comme un quai de gare, puisqu'une espèce de train vint s'y garer dans un grand boucan de ferraille. "C'est bien ça", pensa Le Chien, qui avait vu les trains passer au-dessus de la décharge de Villeneuve. Le cœur battant, il sauta dans un wagon dont la porte venait de s'ouvrir. Instinctivement, il se coucha sous un siège, pour faire croire qu'il appartenait à quelqu'un. (Il était le seul chien dans cette marée humaine ; mieux valait être prudent.) Il y eut un tintement de clochette, les portes se refermèrent en glissant et le train s'ébranla.

Il s'arrêtait souvent, ce train. À certaines stations, il se vidait presque entièrement. Le Chien suivait alors le plus gros de la foule, toujours composé de ceux qui paraissaient le plus pressés. Le Chien s'attendait à ressortir derrière eux, quelque part dans la campagne. Mais non, la foule ne remontait jamais à la surface. Elle s'engageait dans d'autres couloirs de céramique, se pressait sur d'autres quais, montait dans d'autres trains, en ressortait de nouveau pour suivre encore et encore des kilomètres de couloirs souterrains. Et Le Chien suivait, courant sur ses petites pattes parmi ces innombrables paires de chaussures, toujours plus pressées, toujours plus sonores. Et c'était un nouveau train, la porte coulissante se refermant de nouveau. On devait être loin de la ville, maintenant. Les passagers étaient de moins en moins nombreux. Ils paraissaient de plus en plus fatigués par la longueur du voyage. Et ils couraient toujours plus vite à chaque changement de train. Cela dura jusqu'à ce que Le Chien fût seul, tout seul dans un wagon, avec un homme, seul lui aussi, et si fatigué qu'il ne prêtait aucune attention au Chien. Lorsque ce dernier voyageur sortit de son wagon, Le Chien le suivit, espérant que lui, au moins, remonterait à la surface. Il y remonta, en effet. Marche par marche, il gravissait lourdement un escalier jonché de tickets jaunes et de mégots. Au-dessus de leurs têtes apparut enfin le ciel noir de la nuit. Fou de joie, Le Chien poussa un cri de victoire et, en trois bonds, se retrouva dehors.

Ce qu'il ressentit alors n'est pas descriptible. Il en fut si paralysé qu'il tomba sur son derrière et resta sur place, pendant une éternité. Tout autour de lui, des maisons immenses dressaient leurs façades endormies. Pas n'importe quelles maisons. Les mêmes, exactement, qu'au moment où il avait décidé de suivre la foule dans le grand trou ! Il reconnut instantanément le kiosque à journaux derrière ses volets de bois, les magasins aux rideaux tirés, les bureaux vides derrière leurs vitres sombres. Il était revenu au même endroit ! Les rues avoisinantes et l'avenue principale étaient toujours aussi lumineuses. Mais absolument désertes. Assis comme une statue de pierre, Le Chien hurlait, hurlait, sans reprendre son souffle, les yeux fermés, le cou tendu, la bouche ronde... Il y a fort à parier qu'il serait encore en train de hurler aujourd'hui, si une voix, tout à coup, n'avait murmuré, tout près de son oreille :

— Non mais sans blague, tu as décidé de réveiller tout le quartier, ou quoi ?

XXI

Le Chien fit un bond, retomba sur ses quatre pattes, retroussa ses babines et hérissa jusqu'à son dernier poil. Ce qui se tenait là, debout devant lui, était l'apparition la plus terrifiante qu'il eût jamais vue ! Deux yeux jaunes, d'abord. Jaunes, fixes et flamboyants. Une forte gueule ensuite, noire, tordue dans un sourire cruel, d'où jaillissaient deux crocs, puissants comme des crochets de boucherie. Un toupet de poils hirsutes sur le sommet du crâne. Une fourrure sauvage, d'un jaune sale strié de noir. Et surtout, plus impressionnant que tout le reste, deux pattes de devant beaucoup plus hautes et plus musclées que les pattes de derrière et qui encadraient un poitrail formidable. Cela faisait trois ou quatre fois la taille du Chien et cela ne bougeait pas. Le Chien ne bougeait pas non plus, hérissé, grondant, prêt à vendre chèrement sa peau. Maintenant, il se rappelait avoir vu quelque chose de semblable. Un jour, Pomme, qui tenait un livre ouvert sur ses genoux, lui avait montré une image :

— Regarde-moi ça ; c'est une hyène. Affreux, non ?
avait-elle dit avec admiration.

Affreux, en effet, mais beaucoup moins impressionnant sur une image que debout, là, devant vous,
soudain, en pleine nuit, dans Paris.

L'apparition lisait-elle dans les pensées du Chien ?
Toujours est-il qu'elle éclata d'un rire glacial et
déclara :

— C'est vrai que je ne suis pas très rassurant. Je
ressemble à une hyène. Ne dis pas le contraire, je le
sais. D'ailleurs, tout le monde m'appelle Le Hyéneux.
Mais toi non plus, tu n'es pas d'une beauté extraordinaire, tu sais...

Le Hyéneux repartit de son rire qui ressemblait à un
chapelet de gloussements liquides.

(« Paraît que ça rigole tout le temps », avait aussi
expliqué Pomme.)

— Si tu me racontais plutôt ce qui t'arrive, au lieu
de trembler comme une feuille et d'exhiber tes petites
dents, proposa Le Hyéneux en cessant brusquement
de rire.

Chose extraordinaire (Le Chien ne savait pas encore
s'il trouvait ce détail rassurant ou plus inquiétant que
le reste), Le Hyéneux parlait d'une voix très douce et
vaguement lointaine. Après un effort sur lui-même, Le
Chien réussit tout de même à dire :

— Je suis perdu.

Le Hyéneux répondit aussitôt :

— Tu ne l'es plus. Je connais Paris comme ma
poche. Où veux-tu aller ?

— Je veux quitter Paris, justement, fit Le Chien
d'une voix plus assurée.

— Pour aller où ? demanda Le Hyéneux, sans le
quitter des yeux.

— Je ne sais pas… vers le sud, répondit Le Chien en soutenant le regard phosphorescent.

— Ça tombe bien, il faut que j'aille à la gare de Lyon attendre le minuit douze. Suis-moi, ordonna Le Hyéneux.

Sans attendre la réponse du Chien, il fit demi-tour et se mit en route.

D'abord, Le Chien suivit à distance respectueuse. Le Hyéneux avait une démarche étrange. Ses formidables épaules lançaient fièrement ses pattes de devant, tandis que l'arrière-train, presque au ras du sol, suivait comme il pouvait. De temps en temps, il renversait une poubelle d'un coup de museau négligent et demandait, sans se retourner :

— Tu as faim ?

Le Chien se rapprochait peu à peu. Bientôt, il chemina à côté du Hyéneux. Il se sentait assez fier de lui, maintenant. Comme s'il venait de dompter un véritable fauve. Et, bien que Le Hyéneux ne lui eût posé aucune question, Le Chien se mit à lui raconter son histoire. Il parlait sans s'arrêter, comme ces gens qui, n'ayant personne à qui parler, croient avoir beaucoup de choses à dire. Le Hyéneux écoutait en fronçant ses sourcils, qu'il avait noirs et luisants comme des soies de tigre. Parfois, il posait une question :

— Ce "Grand Musc", comme tu l'appelles, il ne te laissait donc jamais arroser les pneus de voiture ?

— Jamais.

— Ça ne m'étonne pas.

— Pourquoi est-ce que ça ne t'étonne pas ?

— Je t'expliquerai plus tard. Continue de raconter.

Le Chien continuait. Il ne racontait pas dans l'ordre. Comme tous ceux qui ont du chagrin, il revenait toujours à la même chose : l'étrange attitude de Pomme.

— Elle t'a laissé tomber du jour au lendemain ? demandait Le Hyéneux.

— Oui, d'un seul coup... sans prévenir.

— Ça ne m'étonne pas, répondait invariablement Le Hyéneux.

— Pourquoi, ça ne t'étonne pas ? interrogeait Le Chien en s'immobilisant.

— Je t'expliquerai plus tard. Ne t'arrête pas, je suis pressé.

D'avenues illuminées en ruelles louches, de ruelles louches en passages obscurs, ils atteignirent les entrepôts de la gare. Des bâtisses noires, gigantesques, et silencieuses. Le Chien ne voyait plus rien. Juste l'œil luisant du Hyéneux à côté de lui. Tout autour, cela sentait le goudron, l'humidité, la rouille et le mâchefer.

— Pas rassurant, hein ? murmurait Le Hyéneux de son inquiétant filet de voix.

Et, comme pour ajouter à la peur du Chien, il partait d'un long rire qui n'en finissait pas de se répercuter dans le labyrinthe des entrepôts.

Finalement, ils gravirent un promontoire fait de petits cailloux qui roulaient sous leur poids. Parvenu au sommet, Le Chien sentit quelque chose de glacé sous ses pattes. Là-haut, dans le ciel, un nuage se déchira. Pendant l'espace d'une seconde, Le Chien vit des rails luire jusqu'à l'horizon.

— Voilà, fit le Hyéneux. Le sud, c'est là-bas, droit devant toi. Adieu.

Et il disparut.

Les nuages se refermèrent. Une nuit aussi noire, Le Chien n'aurait jamais cru cela possible. Noir absolu. Il ne voyait même pas le bout de ses pattes. Combien de temps resta-t-il planté là avec sa peur ? Quelques secondes. Qui lui parurent des heures. Puis, n'y tenant plus, il s'écria :

— Hyéneux ! Le Hyéneux ! Ne me laisse pas...

Pas de réponse. Rien que la nuit. Et un tout petit vent, lui aussi chargé d'odeurs noires.

— Hyéneux, je t'en prie !

Il y avait des larmes dans la voix du Chien.

Le rire lointain du Hyéneux lui répondit. Lointain, puis tout proche. Puis lointain à nouveau. Et proche. Un rire qui remplissait tout.

— Arrête de me faire peur ! explosa tout à coup Le Chien. Arrête ! sinon...

— Sinon quoi ? fit une voix trop douce, tout à côté de lui.

Avant que Le Chien ait pu répondre, un choc terrible l'envoya rouler dans le fossé, en bas du terre-plein.

Comme il se relevait, tout étourdi, deux yeux jaunes le clouèrent sur place.

— Alors, on ne veut plus aller vers le sud ?

Et ce fut un nouvel éclat de rire. Puis, sans transition, Le Hyéneux ordonna :

— Allez, amène-toi, on va chercher Le Sanglier.

XXII

Il y aurait beaucoup à dire sur Le Hyéneux. Un personnage compliqué. D'abord, il adorait les farces. Il en faisait à tout le monde, en toute circonstance, et pas toujours du meilleur goût. En prime, il partait de son rire glacial. Pourtant, personne ne lui en voulait. Tout le monde l'aimait, même. La popularité du Hyéneux... pas croyable ! Ça le mettait en rogne, d'ailleurs. Il aurait préféré qu'on le crût méchant, un vrai fauve.

— Avec la gueule que j'ai, ce serait la moindre des politesses, non ?

Seulement, il était gentil. Indécrottablement gentil. Dès qu'il avait entendu Le Chien pleurer, il avait décidé de le prendre sous sa protection. Il ne pouvait s'empêcher de rendre service, de se révolter contre l'injustice, de chercher à comprendre tout le monde... C'était dans sa nature, comme on dit.

— Une espèce d'infirmité qui me poursuit depuis ma naissance : j'ai horreur de mordre !

Cela dit avec un sourire confus, qui dévoilait ses

deux énormes crocs, jaunes et légèrement usés du bout, car il n'était plus tout jeune.

— Mais si quelqu'un attaquait Le Sanglier, par exemple, est-ce que tu le défendrais? lui avait demandé Le Chien.

Le Hyéneux avait brusquement changé de figure, et Le Chien avait ressenti la même terreur que le soir de leur première rencontre.

— Le Sanglier, c'est Le Sanglier. Faut pas qu'on y touche!

Et il avait ajouté, en retrouvant son sourire spécial :

— Faut pas qu'on touche à mes amis.

Le Sanglier était contrôleur dans les trains, ou conducteur de locomotive, ou quelque chose comme ça. Cheminot, quoi. C'était son métier.

Ce soir-là, quand les deux chiens l'avaient attendu, à l'arrivée du minuit douze, il les avait accueillis très simplement.

— Salut, Le Hyéneux. Tu me ramènes un copain? Ah! il est chouette, dis donc. Encore une réussite de la nature!

Le Hyéneux s'était tordu de rire, et ils s'étaient bientôt retrouvés tous les trois chez Le Sanglier.

C'est vrai que, quand il enlevait sa casquette, Le Sanglier avait tout à fait une tête de sanglier : une large tête noire, aux cheveux et aux sourcils raides et drus à ne pas pouvoir y passer la main. Et costaud, en plus, avec un air pas commode du tout. (« Quand on prend le métro ensemble, disait Le Hyéneux, on fait le vide. »)

L'appartement du Sanglier était un vrai capharnaüm, avec des tableaux plein les murs, et des statues de bois partout, que Le Sanglier taillait patiemment dans les lourdes traverses du chemin de fer. Certaines de ces œuvres d'art représentaient Le Hyéneux en personne. Mais un Hyéneux très beau, un Hyéneux tel qu'il aurait été dans la réalité si la réalité ne l'avait pas un peu raté. Ce qui sautait surtout aux yeux dans le travail du Sanglier, c'était la façon dont il avait su exprimer toute l'intelligence du Hyéneux, son courage, son insouciance, son goût de la farce, et, au fond de tout cela, la gravité de son caractère, comme une espèce de tristesse, mais très lointaine, qui ne pouvait se voir à l'œil nu, ni même sur une photographie. Ressemblant, vraiment. Vraiment très ressemblant !

D'ailleurs, Le Chien avait immédiatement reconnu Le Hyéneux en le voyant accroché sur les murs de l'appartement, ou posé sur la cheminée.

— Mais c'est toi, ça, dis donc ! Comment ça se fait que tu sois si beau, là-dessus ?

— Le regard de l'amour..., avait répondu Le Hyéneux en prenant l'air le plus modeste possible.

Le Chien s'était donc tranquillement installé chez Le Hyéneux et Le Sanglier. Oui, *chez l'un et l'autre,* parce qu'on ne pouvait vraiment pas dire que l'appartement fût celui du Sanglier tout seul. Le Hyéneux y avait exactement les mêmes droits que son maître (mais il ne disait jamais son « maître », il disait son « ami ») et aucune pièce ne lui était interdite. Pourtant, il n'abusait pas de la situation.

— Je ne couche pas dans son lit, tu comprends : gros comme nous le sommes tous les deux, on se gênerait.

Un jour sur deux, Le Hyéneux et Le Chien accompagnaient Le Sanglier à la gare de Lyon. C'était quelquefois le matin, quelquefois le soir. Ensuite, ils allaient se balader dans Paris.

XXIII

Après leurs promenades, ils rentraient chez Le
Sanglier. Le Hyéneux savait ouvrir les portes, ce qui,
pour un chien, est déjà bien. Mais il savait aussi les
refermer, ce qui est beaucoup mieux.

— Ce sont des petits trucs qu'il faut apprendre, si tu
veux rester un chien libre : fermer une porte, essuyer
tes pattes, boire au robinet…

— Mais qui te les a appris, à toi, ces trucs ?
demandait Le Chien.

— Le Sanglier, pardi !

Le Chien ne comprenait pas comment Le Sanglier,
qui était le maître du Hyéneux, pouvait en même
temps lui apprendre à être un chien libre.

— Ce n'est pas mon *maître,* répétait Le Hyéneux
pour la centième fois, c'est mon *ami* !

— Quelle différence y a-t-il entre un maître et un
ami ? demandait Le Chien.

Patiemment, Le Hyéneux expliquait.

Il lui apprit tout. Tout ce que Gueule Noire n'avait
pas eu le temps de lui apprendre. Tout ce que le

Laineux lui aurait peut-être appris s'ils ne s'étaient pas rencontrés à la fourrière.

— Mais tu sais déjà beaucoup de choses, grâce à ces deux-là, reconnaissait Le Hyéneux avec admiration. Grâce à Gueule Noire, tu sais lire les odeurs comme personne, tu choisis les meilleurs morceaux du premier coup d'œil, et ce n'est pas toi qui risques de passer sous une voiture ! Et ton ami de la fourrière, est-ce qu'il ne t'a pas appris le courage ? l'amitié ? ces deux qualités de chien qui font l'honneur de la famille ? Des gens très bien, vraiment ! Tu as eu de la chance de les rencontrer.

Oui. Et maintenant, Le Hyéneux lui apprenait le reste. Il lui parlait des hommes. Des hommes et des chiens. De leurs rapports, les uns avec les autres.

— Si un homme veut te battre, par exemple, qu'est-ce que tu fais ?

— J'attaque le premier ! répondait Le Chien en se hérissant.

— Imbécile ! Tu ne ferais même pas peur à une mouche !

— Pas vrai ! protestait Le Chien. Dans le Sud, j'ai fait peur à une grosse blonde.

— Je sais, tu m'as déjà raconté. Mais c'est parce qu'elle était myope; elle t'avait pris pour un rat. Les hommes ont une peur terrible des rats.

— Bon... Si un homme m'attaque, qu'est-ce que je dois faire ?

— Tu t'assieds, tu prends l'air le plus crétin possible, et tu le regardes en penchant la tête à droite ou à gauche, une oreille pendante et l'autre dressée.

— Et alors ?

— Alors il fond, c'est bien simple, il devient doux comme un agneau. Pas un qui résiste à ça, même les plus féroces.

Le Hyéneux prenait soudain un air méditatif.

— Je vais te dire un truc, Le Chien, un truc très important.

Tout son front se plissait sous l'intensité de la réflexion.

— Oui ?

— Eh bien ! voilà… Quand on est aussi moche que nous le sommes toi et moi, il n'y a qu'une seule solution : c'est la séduction.

— C'est quoi, la "séduction" ?

Toute la tête du Hyéneux disparaissait sous les plis de la réflexion.

— Il faut savoir *se faire désirer*.

— Et comment on fait ?

Silence. Long regard. Soupir.

— Je t'apprendrai.

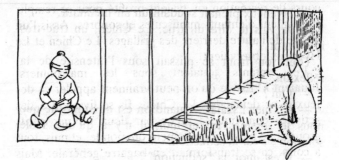

XXIV

Bien entendu, Le Chien parlait beaucoup de Pomme. Il la décrivait sous toutes les coutures : son obstination, ses colères, sa tendresse des premiers jours, son autorité sur les adultes, son incroyable cruauté vers la fin, tout.

— Je ne voudrais pas te décevoir, répondait Le Hyéneux en bâillant (ils parlaient très tard dans la nuit), mais elle n'est pas très originale, cette petite Pomme. C'est une gamine comme beaucoup d'autres : elle se prépare à être une grande personne ; seulement, pour l'instant, elle est encore toute mélangée.

— Mélangée ?

— Capricieuse, si tu préfères, c'est comme ça que disent les adultes. Mais ce n'est pas du caprice, c'est du mélange, elle ne sait pas encore ce qu'elle veut.

Comme Le Chien ne comprenait pas, Le Hyéneux l'emmena voir d'autres enfants *mélangés*. C'était un après-midi gris avec un tout petit rayon de soleil entre trois et quatre heures. Les jardins d'enfants et les cours de récréation en avaient profité pour se remplir subitement d'enfants minuscules et sonores. Assis l'un à côté de l'autre derrière des grillages, Le Chien et Le Hyéneux observaient.

Les enfants jouaient sous les marronniers. Jouaient ? "Est-ce qu'on peut vraiment appeler ça des jeux ?" se demandait Le Chien. Ils se livraient à des activités compliquées, deux par deux ou par petits groupes, le plus tranquillement du monde, et puis, tout à coup, ça se transformait en bagarre générale. Mais les disputes cessaient aussi vite qu'elles avaient commencé, et l'on se remettait à jouer, avec un sérieux de professionnels.

Dans un coin du jardin, près du toboggan, Le Chien remarqua un petit gros tout rose qui, assis sur son énorme derrière, hurlait en ouvrant une bouche immense. Les larmes jaillissaient comme des jets d'eau de ses yeux écarquillés. "Il est en train de mourir de chagrin", se dit Le Chien au bord de l'évanouissement. Mais une feuille de marronnier se posa en tournoyant juste devant le gros petit rose. Il cessa illico de pleurer et se plongea dans la contemplation de cette feuille, en souriant béatement, comme si rien d'autre n'avait jamais existé pour lui.

Dans l'allée centrale, une petite fille racontait quelque chose de palpitant à une autre petite fille qui l'écoutait passionnément. Une troisième petite fille les croisa. Celle qui écoutait quitta celle qui parlait pour se joindre à celle qui les croisait. Celle qui parlait continua de parler toute seule, comme si de rien n'était, en éclatant de rire à chaque phrase. Elle passa devant le bac à sable. C'est là que Le Chien aperçut Le Méticuleux. Il avait un seau et une pelle et venait de dresser la quatorzième tour de son château de sable. Une belle tour avec des créneaux, des mâchicoulis, des meurtrières, tout ce qu'il faut. Il travaillait avec des lunettes et une attention extraordinaire. Toutes ses tours étaient reliées les unes aux autres par des remparts où il s'était donné la peine de dessiner, du bout de son doigt, le contour des fausses pierres. Maintenant, il polissait la surface de sa quatorzième tour avec le dos de sa pelle, soufflait délicatement sur les grains de sable supplémentaires et caressait son chef-d'œuvre des yeux. Combien de temps avait-il mis à le bâtir ? "Quelle patience !" pensa Le Chien. Tout à coup, Le Méticuleux releva la tête. Une étrange lueur passa dans ses yeux. Il sauta sur ses pieds, écarta les bras, et sa bouche se mit à faire un bruit de moteur. Pendant un long moment, il tournoya ainsi, comme un oiseau motorisé, autour de son château, et soudain, sans crier gare, se mit à hurler : « TA-TA-TA-TA-TA-TA-TA-BOUM ! BOUM ! » en démolissant tours et remparts à grands coups de pied. Explosions, gerbes de sable, nuages de poussière, affreux cratères, un véritable cataclysme ! Il ne resta bientôt plus rien du magnifique château aux quatorze tours. Puis, Le Méticuleux cessa soudain de faire le bombardier. Il ramassa sa petite pelle, qu'il rangea sagement dans son seau, et s'en alla, comme si rien ne lui était arrivé.

Silence. Les premières gouttes de pluie commencèrent à tomber.

Le Chien n'en revenait pas.

— Alors, tu as compris ? demanda enfin Le Hyéneux.

Mais Le Chien restait sur place, incapable de répondre. "Le Hyéneux a raison, pensait-il : tous les enfants sont comme Pomme, complètement mélangés. Ils changent de jeux, de préoccupations, de visage, aussi vite que le vent change de direction. Et d'une façon aussi imprévisible. D'une seconde à l'autre ils ne sont plus les mêmes."

C'est alors que Le Chien se souvint de cette époque (pour lui déjà très lointaine) où lui-même était encore incapable de suivre une seule odeur à la fois. Il était, alors, aussi mélangé que ces enfants. Et, pour la première fois, il comprit cette phrase du Hyéneux :

— Le drame, c'est que nous grandissons sept fois plus vite qu'eux.

C'était cela : pendant que lui, Le Chien, sans s'en rendre compte, était devenu adulte, Pomme était restée une enfant. Mélangée. Comme tous les enfants.

La pluie tombait dru, à présent. Le jardin d'enfants était vide. Perdu dans ses rêveries, Le Chien entendit la voix du Hyéneux lui dire, très lointaine :

— Allez, amène-toi, il faut aller chercher Le Sanglier.

XXV

Le Hyéneux ne se trompait jamais sur les horaires des trains. Une sorte de second flair. Le Sanglier les trouvait toujours fidèles au poste, Le Chien et lui, assis, là, au bout du quai n° 6. Ils rentraient tous les trois à la maison, heureux d'être ensemble.

Heureux, ils l'étaient vraiment. Le Chien se demandait même comment on pouvait être aussi heureux. Ça l'inquiétait. C'était trop beau pour durer. Le Sanglier et Le Hyéneux, eux, ne se posaient pas ce genre de question. Ils avaient l'air de trouver ça normal, leur bonheur. Le Chien les observait attentivement. Ils étaient tellement habitués l'un à l'autre qu'ils ne se faisaient jamais de démonstrations d'affection. Enfin, à peine. Le Hyéneux remuait discrètement la queue à l'arrivée du Sanglier, lequel, après avoir vaguement caressé la tête du Hyéneux, se mettait à lui parler le plus naturellement du monde, comme on reprend une conversation interrompue.

Plus ils étaient heureux, plus Le Chien sentait monter en lui une espèce de tristesse. "Bizarre, pensait-il, je ne dois pas être tout à fait normal." Mais c'était plus fort que lui. Quand il voyait Le Sanglier prendre ses pinceaux et regarder Le Hyéneux du coin de l'œil en plaquant les premières couleurs sur une toile toute neuve (Le Hyéneux prenait alors une pose avantageuse et ne bougeait plus du tout), Le Chien ne pouvait empêcher d'affreuses visions de lui traverser la tête.

Toujours les mêmes, bien sûr : la porte du réfrigérateur tournoyant dans le ciel, le corps de Gueule Noire abandonné parmi les ordures, le camion de la fourrière, le regard du Laineux, le cadavre de cet autre chien, sur le bord de l'autoroute, toujours les mêmes images. Qui revenaient sans cesse. Il en avait honte. Il n'en parlait pas au Hyéneux. Il ne voulait pas lui gâcher son bonheur. Seulement, voilà, on ne pouvait rien cacher au Hyéneux.

— Qu'est-ce qui se passe, Le Chien ? Tu en fais une tête !

— Non, non, ça va très bien, je t'assure.

— Comme tu voudras...

Le Hyéneux n'insistait pas, sachant par expérience que, si Le Chien craquait un jour, il lui confierait alors ce qu'il lui cachait aujourd'hui.

C'est évidemment ce qui arriva. Un jour, Le Chien craqua. Il s'était endormi, dans cette atmosphère de bonheur douloureux, et ses horribles rêves l'avaient assailli. Il s'était alors réveillé en hurlant si fort que Le Sanglier en avait écrasé trois tubes de peinture dans ses mains puissantes, et que Le Hyéneux s'était transformé en pelote d'épingles.

— Hein ? Quoi ? Qu'est-ce qui t'arrive, Le Chien ? Parle ! Dis quelque chose, bon sang !

— Il m'arrive, il m'arrive..., haletait Le Chien, il

m'arrive que je suis trop heureux avec vous ! que ce n'est pas possible ! que ce n'est pas vrai ! que c'est un rêve ! que ce n'est pas comme ça, la réalité ! que c'est différent ! complètement différent ! plein de chiens écrasés sur le bord des autoroutes ! de chiens morts, abandonnés dans les ordures ! plein de camions noirs ! de directeurs de fourrière à visage humain ! de réfrigérateurs qui nous écrasent ! de maîtresses qui nous abandonnent ! plein de petits chiens noyés parce qu'ils sont trop moches ! plein de tout ça, la réalité ! Il m'arrive que vous êtes un rêve, tous les deux ! que vous n'êtes pas vrais ! que vous êtres trop beaux ! trop beaux pour être vrais ! et que je vais me réveiller ! sur le bord d'une autoroute ! au fond d'une décharge municipale ! et que je vais mourir là, tout seul ! comme un chien ! comme meurent tous les chiens ! abandonnés par leurs maîtres ! parce qu'il n'y a pas d'amis ! c'est des histoires ! Il n'y a que des maîtres ! des maîtres qui nous trouvent trop bêtes ! trop moches ! trop encombrants ! trop longs à flairer les odeurs ! qui nous étranglent avec leurs laisses ! qui nous écrasent avec leurs frigos ! avec leurs voitures ! et qui abandonnent nos cadavres sur le bord des autoroutes ! au fond des décharges municipales ! tout seuls ! tout seuls avec les voitures qui continuent de passer ! tout seuls parmi les ordures ! tout seuls…

Et ainsi de suite, dans une longue, dans une interminable plainte, un de ces hululements qui remontent du plus profond de l'histoire des chiens pour venir éclater, un soir de tristesse, dans la gorge de n'importe quel chien malheureux d'aujourd'hui.

Le Sanglier restait là, debout, ses énormes mains pleines de peinture dégoulinant sur le tapis. Il lançait des regards furtifs au Hyéneux, l'air de dire : "Eh bien quoi ! fais quelque chose, bon Dieu !" Mais Le Hyéneux ne pouvait rien faire, il attendait.

Quand Le Chien fut complètement essoufflé, quand il eut vidé tout son sac à tristesse, et qu'il resta là, hagard, le cœur battant à toute allure, les pattes flageolantes, la gorge sèche et la truffe brûlante, quand il fut tout vide, absolument vide et complètement désemparé, alors, seulement à ce moment-là, Le Hyéneux s'adressa à lui :

— Viens avec moi, Le Chien, je vais te montrer quelque chose. Et tu me diras si c'est un rêve !

Il y avait une telle autorité dans sa voix que cela fit au Chien l'effet d'une douche froide. Le Hyéneux avait déjà ouvert la porte de l'appartement et se trouvait sur le palier. Le Chien le suivit sans discuter.

XXVI

Ils traversèrent tout Paris. La nuit était tombée depuis longtemps. À un moment du parcours, Le Hyéneux ordonna :

— Attends-moi là.

Le Chien s'assit sur place et attendit. Il n'eut pas longtemps à patienter. Le Hyéneux surgit bientôt du coin de rue où il venait de disparaître. Il tenait un gros oiseau dans sa gueule et courait ventre à terre. Derrière lui courait un gros type à tablier blanc qui criait au voleur d'une voix terriblement aiguë. Les passants riaient. Le Hyéneux passa en trombe devant le nez du Chien. Le Chien hésita une seconde (le temps d'un éclair, vraiment !) et se jeta dans les jambes du poursuivant.

Il y eut un grand cri, un bruit de chute comme un gros avion mou qui s'écrase, le ciel noir passa par en dessous, puis Le Chien rebondit sur le trottoir et, sans réfléchir, encore tout étourdi, se lança sur les traces du Hyéneux, qui venait de disparaître à l'autre coin de la rue.

Maintenant, ils marchaient côte à côte, et Le Chien, très excité, posait un tas de questions :

« Où on va ?

» ...C'est pour quoi faire, l'oiseau ?

» ...Tu crois qu'il est mort, le Tablier Blanc ?

» ...Hein ? Où on va ? »

Mais Le Hyéneux marchait vite, les mâchoires serrées sur sa proie, silencieux, le regard encore plus vif que d'habitude.

Enfin ils atteignirent la Seine. C'était les limites obscures de Paris. Là où se dressent les usines, derrière le rideau jaunâtre des vieux lampadaires. L'eau coulait, aussi noire que le ciel au-dessus d'elle. Il y avait un pont. Et ce pont, violemment éclairé, faisait une trouée de lumière éblouissante dans toute cette obscurité. Le Hyéneux parut hésiter une seconde. Ses sourcils se froncèrent, ses pupilles se rétrécirent. Il fouillait la nuit dans la direction indiquée par ce tunnel de lumière. Le Chien l'observait. Tout à coup, le regard du Hyéneux se figea. Le Chien regarda dans la même direction. Ce qu'il n'avait pas vu d'abord lui apparut soudain : une masse sombre se détachait au-dessus du fleuve, là-bas, à l'autre extrémité du pont : des arbres. Des arbres gigantesques ! Malgré le grondement de la ville, on entendait bruire leurs feuilles d'ici. Ils jaillissaient, échevelés, d'une petite île plantée au milieu des tourbillons. Éclairées par en dessous, leurs feuilles lançaient dans la nuit de brefs messages argentés. Le Hyéneux se remit en route. Le Chien s'engagea derrière lui, sur le pont, entre les parois de cette lumière éblouissante. Et, pour la première fois, il vit vraiment l'oiseau. Quel plumage ! Il y avait de l'or, là-dedans, et du rouge plus rouge que le rouge. Et des dizaines d'autres couleurs, bien plus éclatantes que celles du Sanglier lui-même. Le Chien se remit à poser ses questions :

« C'est pour quoi faire, l'oiseau ?

» ...Et d'abord, c'est quoi, comme marque ?

» ...Hein ?

» ...C'est un oiseau peint, ou un oiseau vrai ? »

Le Hyéneux ne répondait toujours pas. Il marchait, la tête bien droite, le cou raidi par le poids de l'oiseau. Un oiseau plus gros que Le Chien lui-même.

Ils arrivèrent enfin à l'extrémité du pont, devant un portique de grosses pierres disjointes. Il y avait une inscription au-dessus, mais Le Chien, évidemment, ne pouvait la lire. La grille de fer forgé était grande ouverte. Elle semblait vous inviter à entrer. Pourtant, Le Hyéneux n'en fit rien. Il avança de deux pas, déposa l'oiseau entre les deux piliers du portique, puis recula, s'assit, et attendit. Le Chien s'assit à côté de lui.

— Qu'est-ce que c'est que cet endroit ? demanda-t-il dans un souffle.

— C'est le cimetière des Chiens, répondit Le Hyéneux, sans émotion apparente.

— Et qu'est-ce qu'on attend ? murmura Le Chien, partagé entre le désir d'entrer tout de suite et celui de déguerpir.

— On attend. Tu verras bien.

Il faisait sombre, derrière le portique. Dans la pénombre, le cimetière semblait absolument vide. On apercevait juste l'ombre imposante d'une statue qui représentait un saint-bernard, son tonnelet de rhum pendu au cou et tenant délicatement un enfant dans son énorme gueule. Le vent bruissait. L'eau clapotait sur les berges de l'île. Ils attendaient déjà depuis un certain temps quand le chat apparut. C'était une belle chatte égyptienne, longue, puissante, et couleur de sable. Elle semblait être née de l'obscurité même. Le

Chien sursauta et se mit à grogner d'un air menaçant.

— Tais-toi, ordonna Le Hyéneux.

La Chatte s'était assise en face d'eux et les regardait. Pas inquiète du tout, très à l'aise. Elle attendit que Le Chien fût complètement calmé, puis saisit l'oiseau par le cou et le traîna à l'intérieur du cimetière. C'est alors seulement que Le Hyéneux ordonna :

— Allons-y.

Le cimetière était moins obscur qu'il n'y paraissait dehors. La lumière du pont sourdait çà et là entre les basses branches des arbres. On aurait dit des rayons de soleil obliques qui tombaient sur chacune des tombes, comme dans une cathédrale. Partout autour, c'était la nuit. Il y avait toutes sortes de tombes, de gros monuments ou de toutes petites tombes carrées, en marbre, en granit ou en simple ciment, et toutes sortes de noms inscrits dessus : Pollux, Milord, Ramsès, Tarquin (en lettres d'or), Pépère, Plouck, Bibiche, Loucky, Moumousse (gravés à même la pierre ou peints sur le ciment), et Le Hyéneux les prononçait avec respect, ainsi que les petits mots d'amour définitifs que les maîtres avaient écrits au-dessous : *À Moumousse qui fut notre amie, nous penserons toujours à toi — À Fantou, mon cher Fantou, compagnon des bons et des mauvais jours — Adieu Leïla, je pleure — Ah ! Bichon, bon caractère, meilleur que moi...* et ainsi de suite, la grande lamentation des hommes qui ont perdu leur chien, et que le visiteur entend pleurer.

Toutes les tombes étaient fleuries, et de grands arbres poussaient entre elles, avec une incroyable vigueur.

— Ce ne sont pas des arbres, fit observer Le Hyéneux, ce sont des chiens changés en arbres.

Mais ce qui surprit Le Chien par-dessus tout, c'était le nombre des chats qui rôdaient dans le cimetière. On eût dit que c'était leur royaume. L'un d'eux, un chat noir, mince, souple et tranquille, traçait avec ses griffes un très joli dessin sur le sable qui entourait une tombe de porphyre rose, déjà décorée de plumes d'oiseau. Des plumes que Le Chien reconnut tout de suite.

— Eh oui! fit le Hyéneux, le jour ce sont les hommes qui gardent et décorent notre cimetière, mais, la nuit, ce sont les chats... Et ils le gardent bien! ajouta-t-il en désignant d'un hochement de tête deux yeux jaunes qui, non loin de là, les fixaient dans l'obscurité, sans un clignement.

À la porte du cimetière, tout de suite à droite en entrant, se dressait la tombe fleurie d'un chien solitaire, sans maître, mais qui avait choisi de venir s'endormir ici, dans le cimetière des chiens heureux.

Le Chien voulut faire un autre tour. Le Hyéneux accepta. Le Chien voulut que Le Hyéneux prononçât une nouvelle fois les noms gravés sur les tombes. Le Hyéneux refit l'appel de tous les chiens du cimetière. Le Chien voulut entendre encore les épitaphes. Le Hyéneux les récita de nouveau. Le Chien voulut faire un troisième tour. Le Hyéneux refusa.

— Non, dit-il, rentrons.

Ils se dirigèrent vers la sortie. Silencieux. "Les hommes sont vraiment imprévisibles!" Voilà à peu près ce que se disait Le Chien. "Et les chats, donc!" Voilà à peu près ce qu'il ajoutait. Il était incapable de penser davantage. Muet, groggy, ébloui, anesthésié, sous hypnose, il avait l'impression de marcher sur un nuage.

Ils atteignirent le portail. Et justement, à propos de chats, il y en avait un qui se tenait assis là. La chatte égyptienne de tout à l'heure. Imitant Le Hyéneux, Le Chien s'assit en face d'elle. Alors, très distinctement, l'Égyptienne cligna de l'œil, désigna un coin du cimetière d'un mouvement de tête et se mit en marche, la queue dressée, comme ils font tous à l'heure des repas.

— Suivons-la, fit Le Hyéneux, l'Italien nous invite à dîner.

XXVII

L'Italien était leur chef à tous. (À tous les chats du
cimetière.) Le Hyéneux le connaissait depuis longtemps. Ils étaient amis. On l'appelait l'Italien parce
qu'il était le chat préféré d'un vieil acteur italien,
richissime et délicat, qui nourrissait ses chats de
saumon, de faisan et de caviar véritable. « Un scan-
dale, murmuraient les voisins, avec tous ces gens qui
meurent de faim ! » Seulement, la porte de l'Acteur
était ouverte à tout le monde, et celle des voisins
couverte de verrous.

L'Italien vivait donc chez l'Acteur avec l'Égyptienne, l'Artiste et La Rosée, ses trois amis. L'Artiste,
c'était ce chat noir et souple qui décorait tout à l'heure
la tombe de porphyre rose. Et cette tombe, justement,
c'était la tombe de La Rosée, une bonne grosse vieille
chienne vaguement rosée, douce comme une nounou,
qui avait passé les dix-huit années de sa vie chez
l'Acteur. À force de vivre, La Rosée avait fini par
s'essouffler. Chaque jour elle montait les escaliers plus
lentement en tirant une langue de plus en plus

longue. C'était à peine si elle pouvait respirer. Et puis un matin, lorsque l'Italien (le chat) s'était réveillé et était venu se frotter contre elle en ronronnant, La Rosée n'avait pas remué la queue, ni froncé le museau, ni même ouvert un œil. Elle s'était arrêtée de respirer. C'était devenu trop difficile.

Incroyable, ce que l'Acteur avait pu pleurer ! « Toutes les larmes de son corps pour la mort d'une simple bête ! » ricanaient les voisins, qui, de leur côté, attendaient calmement l'héritage de leur grand-mère.

Et il avait fallu enterrer La Rosée. L'Acteur lui avait fait dresser une tombe de porphyre rose à reflets gris, exactement de la couleur de son poil.

Ce fut à partir de ce moment-là que l'Italien, l'Égyptienne et l'Artiste montèrent la garde dans le cimetière des Chiens. Très vite, d'autres chats se joignirent à eux. C'est qu'un chat, dans sa vie, rencontre toujours un chien dont il ne peut plus se passer. Il supporte difficilement tous les autres chiens, mais ce chien-là, il l'aime : c'est comme ça.

L'Italien occupait, avec l'Égyptienne et l'Artiste, une vaste niche désaffectée, au fond du cimetière, contre la maison des gardiens de jour. Dès que Le Chien et Le Hyéneux furent annoncés par le miaulement de l'Égyptienne (mais on aurait plutôt dit une sorte de roucoulement), l'Italien sortit pour les accueillir. C'était un gros chat noir et blanc, extrêmement distingué, deux fois grand comme Le Chien. On l'aurait dit vêtu d'une jaquette, ou d'un smoking, avec un plastron blanc par-devant, sur lequel se détachait une collerette de poils noirs, tout à fait semblable à un nœud papillon. Il avait un air badin, doux et souriant. On sentait, à la lenteur de ses gestes, que l'hospitalité était pour lui une chose très importante. Il se planta devant Le Hyéneux et Le Chien avec aux lèvres son sourire discrètement accueillant. Le Hyéneux leva la patte de devant en signe d'amitié et la posa sur l'épaule de l'Italien. L'Italien fit le dos rond et vint se frotter contre le poitrail du Hyéneux. Puis il regarda Le Chien. Pétrifié de timidité, Le Chien leva une patte maladroite, pensant qu'il n'atteindrait jamais l'épaule de l'Italien. Mais l'Italien se coula sous la patte du Chien, avec un ploiement d'une surprenante souplesse, et se frotta aussi contre sa poitrine. Pendant une seconde, Le Chien eut la sensation d'être très grand. Il en éprouva un délicieux sentiment de fierté.

La même cérémonie eut lieu avec l'Artiste. Son pelage était si parfaitement noir et si luisant qu'il captait les rayons, pourtant lointains, du pont lumineux. Cela faisait des reflets mouvants d'une beauté inquiétante. Une fois les présentations faites, tout le monde pénétra dans la niche. L'Artiste l'avait superbement décorée de plumes, de draperies, de fleurs et de fourrures chipées on ne sait où. Au beau milieu de cette splendeur, le faisan volé par Le Hyéneux les attendait, plumé, savamment découpé, prêt à être mangé. Ils le mangèrent avec respect. Leur silence faisait honneur à l'Égyptienne, qui avait préparé le dîner et qui maintenant étirait son corps couleur de sable sur les fourrures. De toute façon, Le Chien aurait été bien incapable de parler. Il n'en revenait pas. Il lui semblait planer de plus en plus haut, au-dessus de la réalité. Finalement, alors qu'on se séparait (les lumières du pont s'étaient éteintes et le soleil se levait) et qu'il fallait tout de même dire quelque chose, remercier, faire un compliment, n'importe quoi mais qui fût gentil, Le Chien se tourna vers Le Hyéneux et balbutia :

— Dis-leur que c'était vraiment... vraiment très

bien... On se serait cru... on se croirait dans un rêve !

À ces mots, une étrange lueur s'alluma dans le regard du Hyéneux. Comme un éclair de colère glacée. Quelque chose comme ça.

Le Hyéneux regarda fixement l'Italien, et Le Chien sentit la même lueur inquiétante passer dans les yeux du chat.

"Qu'est-ce que j'ai dit ? se demanda Le Chien, j'ai fait une gaffe ?"

Mais, avant qu'il eût pu trouver une réponse, il entendit un claquement bref — une longue griffe venait de jaillir de la patte de l'Italien, une seule, mais quelle griffe ! — puis un sifflement, et il sentit une brûlure terrible lui déchirer la joue.

Le Hyéneux ne rattrapa Le Chien qu'à l'autre bout du pont.

— Qu'est-ce que j'ai fait ? Qu'est-ce que j'ai dit ? pleurnichait Le Chien, encore tout tremblant de frayeur. Pourquoi est-ce qu'il m'a griffé ?

Il passait sa patte sur sa joue ensanglantée.

— C'est moi qui lui ai dit de le faire, répondit Le Hyéneux.

— Toi ? Mais pourquoi tu lui as demandé une chose pareille ?

— Pour que tu saches que ce n'était pas un rêve, répondit Le Hyéneux.

Et il se mit en route, le plus tranquillement du monde.

*
**

La blessure du Chien se cicatrisa en quelques jours. Cela fit une espèce de bourrelet grisâtre sur lequel les poils ne repoussèrent plus. Chaque fois qu'il sentait la présence de cette balafre sur sa joue, Le Chien savait que son bonheur présent n'était pas un rêve. Et il se mit à vivre heureux, sans peur, sans aucune arrière-pensée et sans faire de cauchemar, en compagnie du Hyéneux et du Sanglier. Cela aurait pu durer jusqu'à la fin de sa vie. Et pourtant, cela ne dura pas. Le Chien quitta ses deux amis. Pourquoi ? Grave question. Sans doute parce que, comme disait Le Hyéneux : « Le problème avec la vie, c'est que, même quand ça ne change jamais, ça change tout le temps. »

XXVIII

On était au mois de mai. Le printemps était revenu. Les jours rallongeaient. Le Chien se promenait seul dans Paris. Une habitude qu'il avait prise, maintenant qu'il connaissait la ville et le métro presque aussi bien que Le Hyéneux. Chacun se baladait de son côté, et le soir ils se racontaient ce qu'ils avaient vu. Une chose tracassait Le Chien, c'était cette histoire d' « enfants mélangés ». Du coup, il était devenu un habitué de la sortie des écoles. Vers quatre heures, il s'asseyait sur le trottoir d'en face pour regarder sortir les enfants. Chaque fois, c'était l'explosion d'une Cocotte-minute sous pression, et les enfants jaillissaient dans la rue, au grand affolement des agents chargés de la circulation et des automobilistes qui écrasaient leur pédale de frein.

Et puis, ce qui devait arriver, bien sûr, arriva. Un après-midi qu'il était assis là, devant une école à drapeau tricolore, à étudier les enfants sur le trottoir d'en face, Le Chien entendit une voix suraiguë hurler son nom.

111

— Le Chien ! Le Chien !

Toute la circulation s'immobilisa. Les cheveux se dressèrent sur la tête des passants. Le Chien, lui, sentit son sang tourner à l'envers. Aucun doute possible, c'était sa voix, c'était Elle, c'était Pomme ! Elle se tenait debout à la porte de l'école, sa bouche immensément ouverte au milieu de ses cheveux roux.

— Le Chien ! Viens ici tout d' suite !

Il restait cloué sur place, incapable de savoir ce qu'il ressentait. Une joie immense ? Une trouille intense ? Le désir de sauter dans les bras de Pomme ? L'envie de filer le plus vite possible ? Il ne bougeait pas. Pomme non plus. Elle serrait les poings et hurlait de plus en plus fort :

— J'ai dit ici tout d'suite !

La terre avait dû s'arrêter de tourner. Il n'y avait plus que ce soleil roux, là-bas, de l'autre côté de la rue, et qui commençait à trépigner.

— Faut que j'aille te chercher ?

Et la voilà qui se met à traverser la rue, traînant un cartable plus gros qu'elle. Coups de frein, coups de klaxon, coups de sifflet, coups de gueule, tout un tintamarre qui sort Le Chien de son engourdissement. "Pas question qu'elle m'attrape, je me taille !" Et, lorsque Pomme atteignit son trottoir, Le Chien était déjà à dix mètres d'elle. Il s'arrêta pour mieux la regarder. Bien qu'elle fût toujours la même, elle avait changé. Un peu plus grande. Les cheveux un peu moins raides. Pas encore bouclés, mais presque. Mais la même voix :

— Tu vas venir ici, oui ?

"Non !" pensa Le Chien, et, pendant qu'elle avançait, il recula encore de dix mètres. L'énorme cartable la gênait. Elle l'abandonna. Bizarrement, cela fit plaisir au Chien : ce cartable avait toujours été son rival numéro un. Elle se mit à courir. Il la laissa s'approcher, presque à le toucher, puis fit un bond et courut jusqu'au bout de la rue. Elle s'arrêta pile. Sa bouche s'ouvrit de nouveau, mais, cette fois-ci, il n'en sortit aucun son. Elle la referma donc, et, les lèvres pincées, les poings serrés, le regard fixe, elle se remit en marche. Elle avançait lentement. Le Chien l'attendait sans bouger. Deux ou trois mètres avant de l'atteindre, elle s'arrêta et regarda autour d'elle. Il y avait un chantier sur le bord du trottoir. On réparait quelque chose. Vive comme un chat, Pomme saisit une pierre et la brandit au-dessus de sa tête. Elle visait Le Chien. Le Chien hésita une fraction de seconde. Puis, au lieu de s'enfuir ou de montrer les dents, il s'assit brusquement, prit l'air le plus crétin possible et pencha sa tête sur le côté, une oreille dressée, l'autre pendante. L'effet fut immédiat : la main de Pomme s'ouvrit toute seule, la pierre tomba mollement à ses pieds. Et la voix de la petite fille se fit toute douce :

— Le Chien, s'il te plaît, viens ici.

Il faillit céder. Quelque chose fondit en lui, ce fut comme une soudaine inondation de bonheur. Mais, au lieu de faire un bond en avant, il fit encore une fois un saut en arrière. Et, quand elle se mit à avancer de nouveau, lui aussi se remit en marche.

C'est ainsi qu'il l'entraîna loin de l'école. Au début, elle essaya encore les attaques-surprises. Elle marchait, mine de rien, regardant autour d'elle, comme une touriste américaine, et tout à coup, hop ! un bond en avant. Mais il avait l'œil. Les mains de Pomme claquaient comme des mâchoires. Il était une nouvelle fois assis devant elle, hors de portée. Alors, elle piquait une colère brève, hurlait, menaçait, trépignait. À d'autres moments, elle sortait un bonbon de sa poche, s'accroupissait, tendait l'appât, attendait, avec une patience de pêcheur. Le Chien aussi attendait. Il attendait qu'elle voulût bien ranger ce bonbon ridicule. Les voilà repartis. Ils étaient très loin de l'école, maintenant. Ce n'était plus l'après-midi, déjà le soir. Elle n'essayait plus de l'attraper par surprise. "Je t'aurai à l'usure." Voilà ce que Le Chien lisait dans ses petits yeux durcis par la volonté. "Tu te fatigueras avant moi." Mais cela ne se passait pas comme ça. C'était ses jambes à elle qui commençaient à peser. Alors, elle essaya autre chose. Elle se mit à pleurer. Elle pleurait silencieusement, en le regardant, comme s'il était vraiment le dernier des bourreaux. Le Chien n'avait jamais vu tant de larmes d'un seul coup. Une véritable inondation. Se pouvait-il qu'il fût si méchant? Un véritable monstre! Il était sur le point de se jeter dans les bras de Pomme quand une voix retentit au-dessus d'eux.

— Eh bien! petite fille, qu'est-ce qui ne va pas? Qu'est-ce que c'est que ce gros chagrin? Tu es perdue? Tu veux que je t'aide à retrouver ta maison?

C'était un monsieur avec une sacoche de cuir, des souliers luisants et un âge respectable.

— LA P'TITE FILLE N'A RIEN DU TOUT! ELLE VA TRÈS BIEN! MÊLEZ-VOUS DE VOS OIGNONS! VOUS VOYEZ PAS QUE JE SUIS OCCUPÉE? FICHEZ-MOI LE CAMP OU J'APPELLE UN AGENT!

— Mais... mais..., bégaya le gentil passant, et il s'esbigna en rasant les murs.

Pomme restait plantée au milieu du trottoir, tremblante de rage, mais surtout furieuse contre elle-même. Le Chien avait compris. Tout était à recommencer.

On recommença.

Ils suivirent d'interminables avenues, traversèrent des places immenses, s'emberlificotèrent dans le labyrinthe des ruelles, descendirent dans des passages souterrains, montèrent des escaliers abrupts. Jusqu'à la nuit complète. Pomme ne savait plus du tout où ils se trouvaient. Ses pieds la faisaient horriblement souffrir. Mais elle se fichait de tout. Elle ne voyait que Le Chien. Le Chien qui se tenait à quelques pas d'elle, l'œil frais, et toujours inaccessible.

Elle essaya un dernier truc.

— D'accord, Le Chien, tu as gagné. Si tu ne veux pas me suivre, va où tu voudras ; salut !

Sur quoi elle tourna les talons et s'éloigna d'un pas résolu.

Le Chien la regarda disparaître au coin de la rue. Il restait assis. Il laissa passer trois secondes, dix, quinze, les yeux fixés sur l'angle de l'immeuble. Au bout d'une minute, la petite tête rousse réapparut. Mais ce n'était plus du tout le soleil de tout à l'heure. Ou alors un soleil complètement éteint. Une petite tête lamentable qui se demandait avec angoisse si Le Chien attendait. Oui, il attendait. Mais qu'attendait-il ? Qu'attendait-il ? "Qu'attend-il ?" Pomme cherchait désespérément la réponse. Et lui, là-bas, assis au milieu du trottoir, la tête bien droite, attendait, justement, qu'elle la trouve. Ils restèrent très longtemps à se regarder ainsi. Et puis, soudain, au moment où tous les deux commençaient à désespérer, la chose se produisit. Pomme s'approcha. Il ne recula pas. Quand elle fut à sa hauteur, elle ne chercha pas à le prendre. Il ne chercha pas à s'enfuir. Elle tomba assise sur le bord du trottoir. Il baissa la tête et la regarda par en dessous. Elle parla. Elle dit :

— C'est vrai, Le Chien, t'as raison, j'ai été méchante, égoïste, idiote, je t'ai fait souffrir, je t'ai abandonné, c'est vrai. Mais qu'est-ce tu veux que j' te dise ? Je veux qu' tu reviennes, tu m' manques, j'ai trop pleuré, voilà, je regrette. Bien sûr, j' peux pas t'obliger à revenir, ça servirait à rien de te dire que je ne le ferai plus, t' es pas forcé de me croire, et pourtant je l' ferai plus... enfin, je crois... non, j'en suis sûre, je l' ferai plus ! Je t'aime trop, tu m'as trop manqué, je l' ferai plus, je le jure.

Tout cela d'une voix très basse, presque un murmure, sans arriver à trouver ses mots, et tout en enlevant ses chaussures, puis ses chaussettes. Ses pieds, un vrai désastre !

Ils décidèrent donc de rentrer par le métro. Ils le prirent à Marx-Dormoy, changèrent à Marcadet-Poissonniers, puis à Barbès-Rochechouart et à Stalingrad, et se laissèrent bercer jusqu'à la porte d'Italie, elle ses chaussures à la main, et lui roulé en boule sur ses genoux à elle. Elle enfin calme et douce comme la Pomme des bons jours, et lui poussant enfin le soupir de la victoire.

XXIX

Bon. Nous voilà revenus au présent. Cela fait maintenant deux mois que Le Chien a retrouvé Pomme. Deux mois aussi qu'il a retrouvé Le Grand Musc et La Poivrée. Beaucoup moins agréable. Lorsque Pomme est arrivée, au milieu de la nuit, les pieds ensanglantés et Le Chien dans les bras, Le Grand Musc et La Poivrée avaient déjà ameuté les hôpitaux, la police et les pompiers. « Notre fille a disparu ! Notre fille a disparu !... » Ils étaient dans tous leurs états. La Poivrée croyait à un rapt et attendait, la main sur le téléphone, une demande de rançon. Les voisins essayaient de la rassurer :

— Mais non, voyons, elle a peut-être tout simplement été écrasée par un autobus !

— À moins qu'elle ne soit partie pour Katmandou ?

— Ou tombée dans la Seine...

Ils faisaient leur possible.

Le Grand Musc tournait en rond comme un grizzli privé de son miel. Il ne cessait de répéter :

117

— Si jamais on lui a fait du mal, si on a touché à un seul cheveu de sa tête...

Et il regardait les voisins avec un tel air que les voisins regardaient ailleurs. Et puis, tout à coup, il s'effondrait en sanglotant :

— Ma p'tite reine, qu'on me retrouve ma p'tite reine !

Soudain, à minuit passé, sonnette. Dring ! On se précipite. On ouvre. Pomme ! Pieds nus avec Le Chien dans les bras.

— Et alors ? D'où c'est qu' tu viens ? C'est à cette heure-là qu' tu rentres ? Où c' que t'as encore été traîner ? T'as pas honte ? Hein ? Tu t' rends compte ? Dis ? Qu'on a prévenu la police, les pompiers et les hôpitaux ! Tu sais combien ça va nous coûter, tout ça ? Et les voisins ? Qu'est-ce qu'ils vont dire, les voisins ? Tiens, regarde-les, ils commencent déjà à rigoler ! C'est à cause de ce chien, hein ? Je suis sûr que c'est à cause de ce maudit cabot !

Du coup, ils se sont mis à regarder Le Chien de travers. Encore plus de travers qu'avant, si c'est possible. Et ça ne s'est pas arrangé avec le temps. Ça aurait même tendance à s'aggraver, ces derniers jours. Mais Le Chien s'en moque. Pomme l'aime et cet amour lui suffit. En deux mois, il a achevé le dressage de la petite fille. Sa maîtresse est devenue son amie. Il a commencé par lui apprendre qu'il était plus important que son cartable, ses poupées, ses disques et ses caprices. Ensuite, il a refusé de faire le beau ou de donner la patte en public. Il lui a appris à ne pas le traiter comme une marionnette de cirque, mais comme un vrai chien. Lui donner la patte à elle, d'accord ; faire le beau pour elle, bon ; se laisser déguiser par elle en chanteur de rock, à la rigueur. Mais que ça ne sorte pas de la chambre, hein! Secret! Entre nous. Il lui a montré aussi comment reconnaître un chien malade d'un bien portant. Truffe sèche et chaude, chien malade. Truffe humide et fraîche, chien bien portant. Tout le contraire des hommes. Il s'essuie violemment la truffe à une serpillière jusqu'à ce qu'elle soit brûlante et râpeuse comme du papier de verre. Puis il prend l'air le plus lamentable possible, en se traînant comme s'il n'avait plus de sang dans les veines, et elle de s'écrier : « Le Chien! Mon Dieu, Le Chien, tu es malade! Viens ici que j' te soigne! » Et la voilà qui se met à lui préparer des assiettes de lait coupé d'eau, sans oublier le jaune d'œuf ni la coquille pilée : « Bon pour tes dents, c'est du calcaire. » Bref, il se débrouille. Si par hasard elle pique une de ses fameuses rognes (ça lui arrive encore de temps en temps), il lui tourne le dos, tout simplement, et refuse de la regarder, pendant un, deux ou trois jours, jusqu'à ce qu'elle fasse des excuses. Elle les fait. En échange de tout cela, il est attentif à ses moindres chagrins. Il cesse de manger quand elle ne mange pas, essuie ses larmes quand elle pleure, et, quand les parents la houspillent, il leur jette de tels regards de reproche qu'ils en rougissent jusqu'aux oreilles. (Les chiens savent très bien faire ce genre de choses.) Tous les jours, il l'accompagne à l'école et va la rechercher. C'est un chien intelligent qui sait parfaitement distinguer un désir d'un caprice. C'est un chien fidèle aussi, mais indépendant. Il a plusieurs fois quitté l'appartement pour rendre visite au Hyéneux. (On ne lâche pas ses amis. Jamais. Sous aucun prétexte!) Le Hyéneux est toujours heureux de le voir.

— Je reste avec Pomme, lui explique Le Chien. Tu comprends, c'est mon Sanglier à moi.

— Comment t'y es-tu pris pour la récupérer?

Le Chien a un sourire de moustaches. Il murmure :

— Je me suis fait désirer...

— Et les parents ? demande Le Hyéneux.

— Aucune importance, fait Le Chien.

— Je ne suis pas de ton avis. Il faudra bien que tu les dresses eux aussi, si tu veux avoir la paix.

Il reste parfois un jour ou deux à vadrouiller avec Le Hyéneux. Au début, Pomme a fait la tête. Et puis elle a compris. Il la laisse bien jouer avec ses copines, lui ! À chacun sa vie : c'est le secret de l'amitié.

Mais les parents, effectivement, c'est une autre paire de manches.

— Qu'est-ce que c'est que ce vagabond ? D'où vient-il encore ? Regarde-moi comme il est crasseux ! Il va nous ramener toutes les puces de Paris...

Sur quoi La Poivrée se met à aérer l'appartement comme s'il y avait fuite de gaz et danger d'explosion, à tout astiquer avec frénésie, à marathonner derrière l'aspirateur (« ah ! ces poils de chien ! ») et à tout ranger, au millimètre près. Quelle différence, cet appartement, avec le joyeux capharnaüm du Sanglier ! On dirait que tout est définitif, ici. Que rien ne changera de place, jamais. Heureusement qu'il y a la chambre de Pomme. D'ailleurs, Le Chien est toujours fourré dans la chambre de Pomme. Et Pomme, toujours avec Le Chien.

Et ça commence à agacer Le Grand Musc. Il se renfrogne de plus en plus. Parle de moins en moins.

— Alors, tes parents ne peuvent plus te voir toute seule ? Il faut toujours que tu sois accompagnée ?

Et de jeter un regard terrible au Chien.

— M'agace, ce clebs.

Le Chien ne le sait pas encore, mais cela s'appelle la jalousie. Et c'est terrible, la jalousie. Très dangereux.

XXX

On en est là. C'est ce que raconte le premier chapitre de cette histoire. L'atmosphère est devenue de plus en plus irrespirable. Pomme refuse de manger. Le Chien aussi. Il se prépare quelque chose. Le Chien ignore quoi. Pour la première fois depuis de longs mois, ses cauchemars l'ont repris. Mauvais signe. Il s'est réveillé en hurlant. Pomme est venue le chercher. Il s'est rendormi dans son lit. Elle lit, à côté de lui, une histoire d'Italo Calvino. Jamais rien lu de si chouette que l'histoire de Poirette. Elle tremble et elle rit à la fois. L'idéal. Puis elle lève les yeux de son livre et caresse Le Chien. Lui, il soupire d'aise. Ses babines font flap-flap.

Mais la porte de la chambre s'ouvre et la journée commence :

— Qu'est-ce que *ce* chien fait dans ton lit ? On t'a interdit cent fois de dormir avec *ce* chien ! Pomme, ça ne peut plus durer !

— Qu'est-ce qui ne peut plus durer ? demande Pomme très doucement.

121

— Ça ! Tout ça ! répond La Poivrée en restant prudemment dans le vague.

Et elle disparaît.

Un quart d'heure plus tard, Pomme et Le Chien apparaissent dans la salle à manger, pour le petit déjeuner. La Poivrée et Le Grand Musc, qui étaient en conversation, se taisent tout à coup. Silence. Juste le bruit d'éponge des tartines.

Et voilà que La Poivrée s'écrie tout à trac :

— Demain on part en vacances !

Pomme lève les yeux. Elle regarde La Poivrée avec insistance.

Une petite croûte de chocolat sèche au coin de ses lèvres.

— Où ça ? demande-t-elle enfin.

— Ben, sur la Côte, pardi ! s'exclame La Poivrée. À Nice !

Le Grand Musc ne dit rien. Pomme le regarde, regarde La Poivrée, regarde sa tartine entamée. Avant de la replonger dans son bol, elle demande :

— Le Chien vient avec nous ?

Il y a comme une microscopique hésitation.

— Mais bien sûr, voyons ! s'écrie gaiement La Poivrée.

Bizarre, cette soudaine bonne humeur.

— Bien sûr ? insiste Pomme.

— Puisqu'on te le dit ! intervient Le Grand Musc en regardant sa montre.

— Justement..., commence Pomme ; mais elle est aussitôt interrompue.

— On va pas le laisser tout seul à Paris, non ? Pour qui tu nous prends ? Le Chien vient avec nous, un point c'est tout !

C'est Le Grand Musc qui vient de faire cette tirade.

Pomme attend la suite. Elle arrive. Le Grand Musc ajoute, en tripotant sa petite cuiller :

— J'y mets une seule condition.

— Ah !..., fait Pomme ; mais elle ne demande pas quelle condition.

— Il voyagera derrière, dans la caravane, dit Le Grand Musc, après un silence. Comme ça, s'il est malade...

— D'accord, fait Pomme.

Le Grand Musc et La Poivrée haussent leurs deux paires de sourcils. Ils s'attendaient à plus de résistance.

Le Grand Musc se lève. C'est sa dernière journée de travail.

— Je voyagerai avec lui, annonce Pomme.

Le Grand Musc se rassied.

— Impossible.

— Pourquoi ?

— C'est interdit.

— Alors pourquoi on y met Le Chien ?

— C'est permis pour les chiens, mais pas pour nous.

— Qui dit ça ? demande Pomme, dont le chocolat refroidit.

— Le code de la route, répond Le Grand Musc, qui est en train de se mettre en retard.

Le Chien suit cette conversation avec la plus grande attention. Il sent bien qu'on y décide de son sort.

Pomme discute ferme. Le Grand Musc proteste en montrant l'heure. Pomme insiste. Finalement, Le Grand Musc se lève, prend les clefs de la cave et sort. La tartine de Pomme gît comme un poisson abandonné sur le rebord de sa soucoupe. La Poivrée s'est retranchée dans la cuisine, d'où parviennent des bruits de vaisselle.

Lorsque Le Grand Musc réapparaît, il porte une

grande caisse de bois, qu'il pose au milieu du salon.
« Voilà ! » dit le Grand Musc. La caisse s'ouvre et se
ferme grâce à une porte à glissière. Très ingénieux.

— Et les trous ? dit Pomme aussitôt.

— Quels trous ?

— Les trous pour qu'il respire !

— Bon sang, complètement oublié ! s'écrie Le
Grand Musc, qui se jette sur sa chignole électrique.

— Et la fenêtre ? demande Pomme quand les trous
sont percés ; il va pas voyager dans le noir, tout
d' même ?

— Et une petite fenêtre ! une ! s'exclame Le Grand
Musc sur le ton joyeux d'un garçon de café, en
maniant la scie arrondie avec la rapidité d'un dessin
animé.

La niche du Chien a un joli hublot.

Pomme tourne autour de la niche, réfléchit encore
un bon moment, le menton dans la main. Enfin, elle
dit :

— D'accord.

Le Grand Musc se précipite sur son imperméable et
file au travail. Il a au moins une heure de retard.

Et, brusquement, tout devient très gai. Le chocolat
de Pomme a complètement refroidi. Elle le donne
au Chien qui lappe directement dans le bol, en
frétillant. Pomme s'est précipitée dans sa chambre et
en ressort avec toutes sortes de jolies choses pour
aménager la niche. Elle y travaillera toute la journée.
Et, pendant qu'elle transforme cette caisse de bois en
palais vénitien, Le Chien rêve aux vacances. Ainsi, il
va revoir Nice ! Il va retrouver les mouettes du bord de
mer. Il fera un pèlerinage à la décharge. Il ira dire
bonjour au boucher-lavande. Peut-être même repasse-
ra-t-il devant la maison de la blonde qui l'avait pris

pour un rat. (Avec le recul, c'est un souvenir plutôt rigolo.)

Toute son enfance... Il va revivre son enfance. Bien sûr, il n'ira pas à la fourrière, mais d'être là-bas, à Nice, ça lui permettra de repenser au Laineux avec plus de force.

XXXI

C'est le lendemain. Cela fait maintenant des heures qu'on roule. À compter les tournants, Le Chien sent bien qu'on ne se trouve pas sur l'autoroute. Il a raison. Il y a eu un bref conseil de guerre, avant le départ.

— On ne prendra pas l'autoroute, a déclaré Le Grand Musc, on prendra les départementales ; c'est plus "touristic."

— Et plus "économic", a ajouté La Poivrée.

— D'accord, a approuvé Pomme, pour qui c'est du pareil au même.

Et ça tourne.

Le Chien s'en inquiète un peu.

À part ça, il est installé comme un vrai pacha. La niche est spacieuse, joliment décorée, et la couche de coussins sur laquelle il repose beaucoup plus confortable que les sièges de la voiture. Tout compte fait, il est mieux dans la caravane. Il n'entend pas les criailleries de La Poivrée ni les ronchonnements du Grand Musc, lequel, à l'heure qu'il est, doit commencer à engueuler ses confrères automobilistes. Seule, Pomme lui manque. Mais, dès qu'on s'arrête, la porte arrière de la caravane s'ouvre, puis la porte de la niche, et Pomme apparaît, les cheveux en bataille, les joues rougies par la chaleur. Et c'est des embrassades comme s'ils ne s'étaient pas vus depuis dix ans. Puis Le Chien fonce lever la patte contre un arbre. Cela fait, il se jette à la poursuite de cinq ou six pistes campagnardes à la fois. Il fait des huit, comme s'il retombait en enfance. Ah ! l'herbe... Ah ! l'odeur de l'herbe... Mais Pomme le rappelle. De nouveau les bras de Pomme, de nouveau la niche, de nouveau la porte de la caravane qui se ferme. On repart. Tout cela s'est produit deux ou trois fois depuis le début du voyage. On doit être loin de Paris, maintenant. On est au cœur de la France ; là où ça tourne le plus. Si Le Chien n'a pas encore débordé, c'est un vrai miracle. La voiture s'est toujours arrêtée à temps. "Grâce à Pomme", suppose Le Chien. Elle le connaît si bien...

Et, cette fois encore, la voiture s'arrête. Et le scénario est exactement le même que les fois précédentes. Seules les odeurs changent. Ce sont encore des odeurs du Centre, mais déjà avec un léger arrière-parfum de Sud. "On a fait plus de la moitié du voyage", pense Le Chien. D'ailleurs, le soir tombe. On s'est arrêté sur un parking pour faire le plein d'essence, de ravitaillement et de gymnastique. (Le Grand Musc touche ses pieds joints avec ses mains, puis, les doigts croisés derrière la tête, il pivote à droite et à gauche en soufflant comme un phoque. Et enfin, il sautille sur place en donnant de brefs coups de poing dans le vide.) Il y a un nombre impressionnant de camions en stationnement. D'énormes montagnes de métal, fumantes et crachantes. Le Grand Musc est maintenant en grande discussion avec deux ou trois camionneurs. La Poivrée somnole dans la voiture.

Pomme et Le Chien, eux, font une partie de cache-cache dans les buissons environnants. Le Chien la trouve à tous les coups mais fait semblant de se tromper quelquefois.

Coup de klaxon, on repart. (Le Grand Musc a un klaxon italien à douze notes qu'on ne peut confondre avec aucun autre.) Pomme replace Le Chien dans son palace, referme la porte de la caravane, et le moteur de la voiture se remet à tourner. Mais soudain la porte de la caravane s'ouvre de nouveau, puis celle de la niche. Deux mains gantées de cuir jettent une couverture sur Le Chien. Il n'a même pas le temps de se débattre qu'il est enlevé. La porte de la caravane est refermée sans bruit, et Le Chien entend avec horreur la voiture s'éloigner, comme si de rien n'était. Il se débat enfin, essaye de crier. Rien à faire. Ses aboiements sont étouffés par la couverture. Tout cela s'est passé en une seconde, dans un silence absolu. Pomme était déjà remontée dans la voiture, et Le Grand Musc aussi. Le Chien n'y voit rien. Celui qui le porte s'est mis à courir. Il grimpe deux ou trois marches de métal. Une porte s'ouvre et claque. Un autre moteur se met en route. Mais un moteur qui rugit comme le tonnerre. Au milieu de ce vacarme, Le Chien entend deux hommes parler et rire aux éclats. Il est si bien tenu qu'il ne peut pas bouger. Il a peur d'étouffer, sous cette couverture. Et ces deux gants lui ont rappelé d'autres gants de cuir, tout à fait semblables. La fourrière ! Les hommes de la fourrière ! À cette seule pensée, il se sent traversé par une grande épée de glace. Une peur telle qu'il se vide entièrement sur les genoux de celui qui le porte. L'homme pousse un hurlement de fureur et le chauffeur éclate d'un énorme rire. Alors, Le Chien s'envole. Exactement, il s'envole ! Il a été jeté par la fenêtre avec une telle violence que la couverture se déroule. Et c'est en plein ciel que Le Chien ouvre les yeux. La première chose qu'il voit, c'est le sol qui s'approche de lui à une allure vertigineuse. Le Chien referme les yeux. C'est le choc. Puis il roule au fond du ravin en rebondissant comme un réfrigérateur. Et, enfin, il s'évanouit.

XXXII

Lorsqu'il se réveille, c'est la nuit bleue. Une nuit de pleine lune. D'abord, Le Chien ne bouge pas. Trop peur de s'être cassé quelque chose. Et puis, il y a le désespoir. Car il ne lui faut pas beaucoup réfléchir pour admettre l'évidence : il a été abandonné. Volontairement. Comme plusieurs milliers d'autres chiens à l'époque des vacances. C'est Le Grand Musc qui a fait le coup. Il l'a livré aux camionneurs. Avec l'accord de La Poivrée, qui faisait semblant de dormir dans la voiture. Ils l'ont fait par jalousie. C'était cela qu'ils mijotaient depuis plusieurs jours. Pas de doute possible. Et Pomme ne s'est rendu compte de rien. Mon Dieu, Pomme ! Comment va-t-elle réagir quand elle va trouver la niche vide ? Et que vont lui raconter les deux autres ?

Petit à petit, Le Chien sent naître en lui autre chose que de l'angoisse. Un autre sentiment, qui le fait penser très vite, avec une lucidité effrayante. Et qui le réchauffe, aussi. La colère. La vraie colère. "Peut-être ce qu'ils appellent la rage, eux", pense Le Chien. Et,

130

avec elle, un implacable désir de vengeance. Il a l'impression que ses forces en sont décuplées. Sans s'en rendre compte, il a bondi sur ses pattes. Il est debout. Non, rien de cassé. Il gravit en trois bonds le ravin qui le sépare de la route. L'herbe et les buissons ont dû amortir sa chute. Le voilà sur la route. Elle luit paisiblement sous la lune. Que faire ? Les poursuivre ou retourner à Paris ? Il réfléchit. Très vite. Et il décide : Paris ! Il ne pense plus qu'à sa vengeance. Dès cette seconde, elle est toute prête dans sa tête. Le voilà au milieu de la route. Le nez au ras du goudron, il cherche. Quoi ? Sa propre odeur. "Eh oui, Grand Musc ! Sais-tu pourquoi les chiens lèvent la patte sur *tous* les pneus de voiture ? Pour être sûrs de retrouver leur chemin, toujours et partout. Voilà ce que m'a enseigné Le Hyéneux. Tu fais sans doute partie de ces crétins qui poussent des cris d'admiration quand un chien abandonné a retrouvé ses maîtres à mille kilomètres de distance. Imbécile ! Pas plus d'imagination qu'un homme…" Ainsi pense Le Chien en cherchant *son* odeur sous la couche de toutes les autres. Il cherche patiemment. Il sait qu'il la trouvera. Et quand il l'aura trouvée… "Quand je l'aurai trouvée, Grand Musc, crois-moi, je la suivrai jusqu'au bout. Ces millions d'odeurs qui font un manteau de dentelle à la terre, c'est la géographie des chiens, Grand Musc ! Pas besoin de cartes, pas besoin de poteaux indicateurs, pas besoin de demander sa route : une fois que nous avons tiré le fil de la bonne odeur, nous ne le lâchons plus. Et puisque je t'en parle, Grand Musc, ce fil, justement, je le tiens !"

XXXIII

Onze jours plus tard, à six heures du matin, on gratte à la porte du Sanglier. Le Hyéneux tend l'oreille. Nouveaux grattements. Le Sanglier, qui s'est aussi réveillé, va ouvrir.

— C'est toi ? Eh bien, tu es dans un bel état, dis donc ! Entre.

Le Chien entre. Il file directement à la cuisine, où il vide deux litres d'eau et la gamelle du Hyéneux. Après quoi il ne lui faut pas trente secondes pour expliquer à son ami ce qui lui est arrivé. "Je t'avais bien dit de te méfier de ces deux-là", pense Le Hyéneux. Mais il le garde pour lui. Inutile de remuer le fer dans la plaie.

— Qu'est-ce que tu vas faire ? demande-t-il.

Le Chien expose son plan en deux mots. C'est simple, et c'est terrible. Le Hyéneux ne l'a jamais vu avec une telle lueur dans les yeux. Il ne l'a jamais entendu parler avec une pareille autorité.

— Quand ? demande-t-il simplement.

— Tout de suite !

— Non, répond Le Hyéneux. Il faut d'abord qu'on te soigne et que tu te reposes.

Le Chien hésite un moment.

— C'est vrai, admet-il, il faut d'abord que je reprenne des forces.

— Eh ! Le Chien ! Viens un peu par ici !

C'est la voix du Sanglier. Il a fait couler un bain. Les bains, d'habitude, Le Chien n'en raffole pas. Mais Le Sanglier insiste.

— Allez, pas d'histoires, ça te fera du bien.

Effectivement l'eau chaude le détend, et la voix du Sanglier aussi qui lui parle gentiment.

— Montre tes pattes... Bon sang ! tu en as fait du chemin... Chien courageux, ça !

Il l'a sorti de la baignoire et le frictionne vigoureusement en continuant de lui faire des compliments sur son courage, sa résistance, sa fidélité, toutes choses agréables à entendre. Sa voix est basse et profonde. Et, comme Le Chien est pelotonné contre sa poitrine, il a l'impression que Le Sanglier parle à l'intérieur de lui-même. C'est très rassurant. Un peu comme la voix de Pomme quand elle le consolait à la sortie de la fourrière, ou comme les grognements de Gueule Noire quand il s'endormait contre elle. À propos de sommeil, les paupières du Chien s'alourdissent. "Il ne faut pas que je m'endorme, il faut que j'y aille tout de suite." Mais, pendant qu'il se dit cela, il lui vient un curieux goût à la bouche. Un goût de noisette. Il le reconnaît aussitôt. C'est la saveur du lait de Gueule Noire. Inoubliable. "Ne te précipite pas, murmure une voix familière, repose-toi, récupère ; il te faut toutes tes forces pour faire ce que tu as à faire. — D'accord, répond Le Chien, mais reste avec moi pendant que je dors. — Je suis là, ne t'inquite pas, tu ne feras pas de mauvais rêves, murmure Gueule Noire. — Bon, alors je dors", répond Le Chien, qui, en fait, dort déjà depuis un bon moment.

XXXIV

Lorsqu'il se réveille, l'appartement est vide. À la cuisine l'attend une gamelle de riz et de viande. Très vite, la gamelle est aussi propre que si elle n'avait jamais rien contenu. Ça va mieux. Il sent que ses forces lui sont revenues. Au travail, donc. Il a bien dû dormir deux ou trois heures. Plus une minute à perdre. Et voilà que la colère le reprend. La même, exactement, que lorsqu'il est sorti de son évanouissement. Celle qui fait penser vite. Celle qui vous éblouit de l'intérieur. Celle qui vous rend invulnérable. Le voilà donc en route vers sa vengeance. Mais, au moment où il va sortir, la porte s'ouvre. Et Le Hyéneux apparaît.

— Tiens, tu es réveillé ?

— Oui, répond Le Chien ; j'y vais.

Puis, au moment de sortir :

— Dis donc, j'ai dormi combien de temps ?

— Deux jours.

— Quoi ?

— Deux jours et deux nuits. Nous sommes au matin du troisième jour.

"Ce n'est pas possible", pense Le Chien. Il se livre à un rapide calcul : "Onze jours de voyage plus deux jours de sommeil font treize jours. Or il me faut au moins une semaine pour faire ce que j'ai à faire. D'ici là, ils seront rentrés. Voilà. C'est fichu. Je n'ai plus le temps."

— Qu'est-ce qui se passe ? demande Le Hyéneux en voyant sa tête.

— J'ai perdu un temps fou, dit Le Chien. Tu aurais dû me réveiller !

— Jamais de la vie ! On ne traverse pas la moitié de la France sans avoir besoin de sommeil.

— Tu ne comprends pas, répond Le Chien avec agacement, il ne me reste pas assez de temps pour tout faire.

— À moins qu'on ne t'aide, suggère doucement Le Hyéneux.

— Non. C'est une affaire personnelle, fait Le Chien après une courte hésitation.

— Eh bien ! tu donneras les ordres, et nous on les exécutera, c'est tout.

— Qui ça, on ? demande Le Chien, dont le sourcil se hausse. Qui ça, nous ?

— Les amis, répond Le Hyéneux.

Réponse vague. Les « amis » du Hyéneux, c'est le Paris animal tout entier. Réponse tentante, aussi : si tous les amis du Hyéneux s'y mettent, ce sera vite fait. (Et bien fait !) Mais non, impossible.

— Le temps de rassembler tout le monde, il sera trop tard.

Le Chien est désespéré.

— À moins que tout le monde ne soit déjà rassemblé.

Le Hyéneux a dit ça, mine de rien, en filant à la cuisine.

— Tu as tout mangé ? enchaîne-t-il d'une voix scandalisée. Bravo ! Merci ! Tu aurais pu m'en laisser un peu.

Le Chien le suit, la queue entre les jambes et la mine déconfite. Le Hyéneux éclate de rire.

— Mais non, voyons, je blaguais ; c'était pour toi.

Il ouvre le placard d'un coup de museau, éventre une boîte de croquettes et se met à mastiquer d'un air méditatif.

— Dis donc, Hyéneux, fait Le Chien d'une voix hésitante, qu'est-ce que tu veux dire exactement par « à moins que tout le monde ne soit *déjà* rassemblé » ?

— Hein ? fait Le Hyéneux en sursautant, ah ! oui, j'avais complètement oublié. Va ouvrir la porte, s'il te plaît.

Très intrigué, Le Chien sort et va ouvrir la porte de l'appartement. Il fait un bond en arrière. L'Italien est assis en face de lui, sur le paillasson, la queue enroulée autour de ses pattes. La brûlure se réveille, sur la joue du Chien. L'Italien ne bronche pas. Il est tiré à quatre épingles, comme d'habitude, son nœud papillon bien lustré sur son plastron blanc. Il a aux lèvres ce sourire discret qui semble toujours vous dire : "Bonjour, très cher, comment allez-vous ?" Au prix d'un formidable effort sur lui-même, Le Chien s'approche de l'Italien et tend la patte en signe d'amitié. L'Italien glisse sous cette patte et vient se frotter en ronronnant contre la poitrine du Chien. Après quoi il retourne à la porte et pousse un long miaulement qui tournoie dans la cage d'escalier. L'Égyptienne apparaît, puis l'Artiste, et, derrière eux, une bonne trentaine de chiens et de chats, de tous poils, de toutes tailles, mais tous amis du Hyéneux. Le Chien en connaît déjà une bonne partie. Ainsi Fakir, le berger allemand du buraliste voisin, rendu à moitié fou par l'obligation de distinguer les clients des voleurs. « Je n'ai aucune mémoire, je ne sais jamais qui il faut mordre, du coup je ne mords personne. »

L'appartement n'en finit pas de se remplir. Un grand nombre des animaux présents ont été, comme Le Chien, abandonnés pour cause de vacances. Il faudra s'occuper de leurs maîtres, après s'être chargé du Grand Musc et de La Poivrée.

— D'accord, fait Le Chien. Marché conclu.

— Alors, on y va ? propose Le Hyéneux.

— Allons-y.

XXXV

Voilà. En plein après-midi, ils traversent un Paris de vacances, désert. Ils vont en file indienne. Toute une ribambelle de chiens et de chats. L'air innocent. On dirait que la ville leur appartient. (À eux et à quelques cambrioleurs qui prendront leurs vacances plus tard.) Germain, un ami d'enfance du Hyéneux, un vrai paquet de muscles, genre boxer, porte sans effort un énorme baluchon. L'Artiste trottine à côté de lui. "Trottine" n'est pas le bon mot. Il ondule, plutôt, comme une miniature de panthère noire.

L'Égyptienne et l'Italien marchent en tête, entre Le Chien et Le Hyéneux. Et tout ce défilé ne fait pas plus de bruit qu'un faucon tournoyant au-dessus de sa proie.

— Voilà, c'est ici, fait Le Chien.

Le Hyéneux lance un coup d'œil amusé à l'immeuble du Grand Musc et de La Poivrée.

— Très chic. Tout neuf. Très beau. Hein, l'Italien ?

L'Italien a une sorte de petit rire muet.

L'Égyptienne pénètre toute seule dans la cour, la tête et la queue bien droites, comme une habituée de la maison. Elle reparaît bientôt, cligne de l'œil et fait signe que la voie est libre. Deux chats ont déjà grimpé aux arbres. Un vieux dogue à la voix puissante se couche négligemment à la porte de l'immeuble. Sentinelles. Les autres pénètrent dans la cour. Montrant le chemin, Le Chien saute sur la remise aux poubelles, puis sur le toit de la concierge. (La concierge regarde à la télévision un film de guerre qui fait un potin de tous les diables.)

— Germain ! appelle Le Hyéneux.

Germain pose le baluchon et, en deux bonds, les rejoint sur le toit.

— Tu peux t'occuper de ça ? demande Le Hyéneux en désignant la fenêtre de la cuisine.

La fenêtre est fermée, mais elle n'est pas protégée. "Trop petite pour un cambrioleur", pensait Le Grand Musc.

Germain baisse la tête, aplatit ses oreilles. Un petit coup sec de son crâne rond : la vitre vole en éclats.

— J'aurais pu enfoncer la porte, tant qu'on y était, commente Germain d'un air dégoûté.

— Elle est blindée, dit Le Chien.

— Et alors ?

XXXVI

L'appartement est vide et silencieux. Il y règne une odeur de propreté qui vous fait parler à voix basse. On commence par tout visiter, sur la pointe des pattes, sans un mot. De la cuisine, on passe à la salle à manger-salon, avec sa table cirée, ses fauteuils et son canapé sous housses, son téléviseur couleur dans un coin, tout neuf, son vaisselier Henri II qui semble servir plus à exposer la vaisselle qu'à la ranger, sa bibliothèque pleine d'encyclopédies jamais lues, vendues par des démarcheurs hebdomadaires, ses cendriers qui n'ont jamais contenu de cendre, ses dizaines de bibelots qui n'ont jamais bougé de place et sa fausse cheminée où l'on n'a jamais fait de feu. Les persiennes closes laissent passer juste assez de lumière pour créer une douce pénombre d'église. Les pattes enfoncent dans la moquette que La Poivrée a shampouinée juste avant le départ, et qui boucle, maintenant, comme un tapis de nuages. Dans la chambre du Grand Musc et de La Poivrée, le grand lit brille comme une aurore avec son dessus de lit de satin qui rappelle la couleur saumon des rideaux, légers comme des voiles de mariée. Les haltères et les tendeurs du Grand Musc sont rangés à côté de l'armoire à linge, que La Poivrée a pris soin de fermer à clef. La salle de bains attenante est si propre qu'on se voit partout : dans les glaces, dans le carrelage, dans l'émail de la baignoire et de la machine à laver, dans la peinture laquée du mur. Ça donne le vertige. On a l'impression de marcher dans le vide avec une foule d'autres soi-même.

La chambre de Pomme est différente de tout le reste. Elle est presque vide. Les coussins, les rideaux et le dessus de lit ont disparu. Ainsi que la carpette en peau d'ours synthétique sur laquelle Pomme posait ses pieds, le matin, en se réveillant. C'est que tout cela, malgré les protestations de La Poivrée, a servi à décorer la niche du Chien. Le Chien, dont le cœur se serre. Le Chien, dont la colère est plus froide que jamais.

Voilà. Tout le monde se retrouve dans le salon-salle à manger-living. Les regards se tournent vers Le Chien.

— Alors, fait Le Hyéneux, par quoi on commence ?

Le Chien jette un long regard panoramique. Il hésite.

— Par ça ? propose Le Hyéneux.

Et il laisse négligemment tomber un cendrier de simili-cristal au pied de la cheminée, sur la plaque de faux marbre. Pulvérisé, le cendrier.

C'est le signal.

L'Italien lève sa patte avant droite. Son unique griffe jaillit : d'un seul bond, dix chats se trouvent accrochés au sommet des rideaux. Ils se laissent redescendre de tout leur poids, dans un crissement infini de tissu déchiré. Les rideaux en lambeaux, les chats s'attaquent aux housses des fauteuils.

— Attention tout le monde !

C'est Germain et Fakir qui avertissent. Ils ont glissé leurs museaux entre le vaisselier et le mur, et les voilà qui s'ouvrent un passage. Ils ont disparu derrière le meuble et répètent leur avertissement :

— Attention, tout le monde, planquez-vous !

Le vaisselier chancelle, retombe sur ses pieds, vacille de nouveau et s'abat enfin sur le coin de la table, qui cède sous le poids de l'énorme meuble. On dirait que l'immeuble s'effondre.

— Mais non ! proteste Le Hyéneux, c'est beaucoup plus marrant de casser les assiettes une par une.

— Tu veux d'autres assiettes ? Viens dans la cuisine, invite Le Chien aimablement.

Beaucoup plus amusant, en effet. Il y a du carrelage dans la cuisine. Les assiettes s'y brisent avec de très jolis tintements. Les assiettes et les verres. Les verres et les bouteilles. Les bonnes bouteilles que Le Grand Musc a remontées de la cave de peur qu'elles n'y soient volées. Un vieux caniche silencieux et appliqué a ouvert la porte du four. Il saute dessus, à pattes jointes, consciencieusement, jusqu'à ce que la charnière cède. Germain en fait autant avec la porte du réfrigérateur, qu'il pousse, tête baissée, jusqu'au craquement final. Les vapeurs de vin rendent tout le monde très gai. Quand on retourne dans la salle à manger-salon-salle de séjour-living, il y neige ! La bande des chats vide les derniers coussins de leurs plumes. C'est un très joli spectacle, que l'Italien contemple en rêvant. Pendant ce temps, l'Égyptienne feuillette avec application la *Grande Encyclopédie des arbres et des fleurs*. Elle tourne les pages en humectant sa patte avec sa langue. Puis, de l'autre patte, elle arrache les pages lues. Plusieurs centaines, déjà. Pendant un instant, Le Chien s'immobilise pour admirer le spectacle. À petits coups de tête, Germain casse les vitres, une à une. Il est patient, méthodique et propre. Les chats font des sillons transversaux dans les disques du Grand Musc. Le Hyéneux fait un signe discret à l'Italien en direction du poste de télévision.

L'Italien approuve. Le Hyéneux se coule derrière le poste, lève la patte et arrose longuement l'intérieur de l'appareil. Cela fait, tout le monde s'assied devant le poste, et l'Italien met le contact. Très beau résultat. On voit une étoile de toutes les couleurs se greffer sur l'écran, puis il y a une sorte d'explosion étouffée, une épaisse fumée noire sort du téléviseur couleur, et plus personne n'y voit rien. (Au-dessous, dans le poste de la concierge, l'aviation japonaise attaque le port américain de Pearl Harbor et fait presque autant de dégâts.) Une suie épaisse recouvre tous les murs et s'imprègne dans les boucles de la moquette : on tousse, on se frotte les yeux, et on se retrouve noirs comme des charbonniers. Excellente occasion pour aller prendre un bain collectif dans la baignoire, que Le Hyéneux est en train de remplir. Pendant que tout le monde barbote et s'asperge, Le Hyéneux, aidé du simili-boxer Germain et du chien presque loup Fakir, remplit la machine à laver. Mais ils ne la remplissent pas de linge. Ils la remplissent de couteaux, de fourchettes, de chaussures, de bibelots, de pots de confiture et des haltères du Grand Musc. Contact. Le vacarme est tel que tout le monde file se réfugier dans la chambre du Grand Musc et de La Poivrée. Le couvre-lit de satin n'est pas très commode pour se sécher, mais les draps et les couvertures font l'affaire. Et puis l'armoire, maintenant éventrée, recèle de quoi transformer la soirée en bal costumé. On s'arrache les vêtements. L'Égyptienne s'est drapée dans les rideaux de mariée. Elle est superbe. C'est en tout cas ce qu'on peut lire dans les yeux de l'Italien qui, lui, a trouvé un vrai nœud papillon dans l'armoire, où il ne reste plus rien.

Mais, à propos, où est donc fourré l'Artiste ?

— L'Artiste ! Eh ! l'Artiste ! appelle Le Hyéneux.

Silence. On tend l'oreille. Pas de réponse. Un ange passe.

— Je crois savoir ce qu'il fait !

Germain se précipite dans le couloir.

On le suit. C'est le moment que choisit la machine à laver pour exploser. En plein essorage. Tout le monde se jette à plat ventre, la tête enfouie dans les pattes. Les couteaux et les fourchettes passent en sifflant. On en retrouvera plantés jusque dans le plafond. En une dernière convulsion métallique, la machine vomit une marée de confiture et recrache les haltères, qui rebondissent contre le mur, cassent le lavabo et tombent dans la baignoire, dont l'émail vole en éclats. Le Chien rouvre enfin les yeux. La première chose qu'il voit, c'est Le Hyéneux, assis devant lui, un long couteau à manche de corne planté dans la poitrine.

— HYÉNEUX ! hurle Le Chien.

— Oui ? répond Le Hyéneux.

— Le couteau, balbutie Le Chien, le couteau, dans ta poitrine...

Le Hyéneux baisse les yeux sur le couteau, dit : « Ah ! tiens, c'est vrai... », et tombe raide mort.

— NOOOON ! hurle Le Chien en se jetant sur Le Hyéneux.

Mais Le Hyéneux écarte la patte en rigolant. Le couteau tombe par terre. Encore une farce. Très drôle.

Maintenant, ils sont tous assis devant la chambre de Pomme.

— Eh ! l'Artiste ! appelle Germain. On peut entrer ?

Silence.

— Hein ? On peut venir jeter un coup d'œil ?

La porte est à peine entrebâillée. L'Italien la pousse doucement de la patte. Elle s'ouvre. C'est un cri unanime de surprise et d'admiration. Seule pièce de l'appartement épargnée, la chambre de Pomme est magnifique. Des bouquets partout. Un arc-en-ciel de fleurs et de plumes de paon qui donne à toute la pièce une lumière douce et mouvante.

— Un peu trop "chat", à mon goût, commente Le Hyéneux, mais très joli tout de même.

Le lit est recouvert d'un cachemire turquoise et bordé de coussins en soie de Chine. Par terre s'étale une fourrure de laine si épaisse qu'un chihuahua distrait pourrait facilement s'y perdre. C'est un morceau de la moquette du salon, que l'Artiste a soigneusement découpé, avant l'explosion du téléviseur. La tête et la queue de l'Artiste émergent de ce moutonnement. La tête tourne sur elle-même pour un dernier regard d'inspection. La queue bat l'air avec agacement. L'Artiste n'est pas tout à fait satisfait. Quelque chose l'irrite. Brusquement, son regard se fixe sur la table de nuit. Il a trouvé ! Un bond silencieux, et le voilà sur le petit meuble. Il écarte deux bouquets trop rapprochés l'un de l'autre et redescend. C'est comme si un rideau s'était ouvert sur une scène : entre les deux bouquets apparaît un portrait.

— Mais c'est moi, ça ! s'exclame Le Chien.

Oui. C'est le portrait du Chien. Du Chien endormi. Mais un Chien très beau, comme il le serait si la nature ne l'avait pas un peu raté. Et très ressemblant, pourtant.

— Le Sanglier a fait ça pendant que tu dormais, explique Le Hyéneux. On a pensé que ça ne ferait pas trop mal dans la chambre de Pomme.

On se grimpe les uns sur les autres pour mieux voir. Mais personne n'entre, de peur de salir.

XXXVII

Le Chien non plus n'entre pas. Il s'est couché à la porte de la chambre et attend. Il attend quoi ? Le retour du Grand Musc et de La Poivrée. Il veut retrouver Pomme, bien sûr. Son cœur bat la chamade rien que d'y penser. Mais il veut aussi voir la tête que feront les deux autres devant l'étendue de sa vengeance. La Poivrée s'évanouira sûrement. Peut-être que Le Grand Musc le tuera. Tant pis. Il aura fait ce qu'il avait à faire.

Ses amis sont repartis. Ils avaient d'autres appartements à visiter. Le Chien a proposé de les accompagner, mais tout le monde a compris qu'il avait envie d'attendre ici.

— On est assez nombreux comme ça, a fait Le Hyéneux.

— Tiens, voilà quelques provisions.

Germain a vidé le reste du baluchon, qui contenait toute la décoration de la chambre de Pomme.

Le voilà seul dans l'appartement dévasté. Ça sent le brûlé, la suie, la confiture, et plein d'autres odeurs

146

sympathiques (chiens et chats mêlés) qui ne seront pas du goût de La Poivrée. Elle trouvera ça « malsain » et s'évanouira une seconde fois. Au moins, Le Grand Musc ne pourra pas le tuer une seconde fois, lui. Quand on est mort, on est mort. On se transforme en arbre et plus rien ne peut vous arriver. Mais, pour l'instant, Le Chien se sent terriblement vivant. Il ne peut s'empêcher de penser à Pomme. Il ne peut empêcher son cœur de battre. On dirait que la chambre de Pomme s'est endormie. Une odeur de fleurs plane au-dessus des autres. Le Chien attend.

XXXVIII

Il a attendu trois jours. L'après-midi de ce troisième jour, une clef a tourné dans la serrure de la porte d'entrée. Et rien ne s'est passé comme Le Chien l'avait prévu.

Il est assis au beau milieu de ce qui fut la salle à manger-salon-living-salle de séjour-chambre d'ami, comme Napoléon après la bataille, quand le soleil se couche et que tout est démoli. La porte d'entrée se referme. Le Grand Musc ou La Poivrée vont apparaître. Le Chien n'a pas peur. C'est La Poivrée qui entre la première sur le lieu du carnage. Il la regarde fièrement. Mais La Poivrée ne le voit pas. On dirait même qu'elle ne voit rien. Ce n'est plus la même Poivrée. Pas l'ombre d'une réaction. Elle est pâle comme la mort. Son visage porte les traces d'un chagrin inimaginable. Les larmes y ont creusé des ravins. Elle marche comme une somnambule sur les débris craquants. Elle se dirige vers la chambre de Pomme. Et Le Grand Musc apparaît à son tour. Là, Le Chien a un choc. Est-ce bien le même homme ?

D'abord, il n'est plus du tout écrevisse. Ensuite, il a fondu : ses muscles se sont vidés. Son visage s'est creusé à faire peur, ses lèvres sont tendues et blanches, et ses yeux écarquillés sont luisants de fièvre. Lui non plus ne remarque rien de ce qui l'entoure. Il porte une vieille couverture dans les bras et se dirige à son tour vers la chambre de Pomme. Et Pomme ? Pomme ? Où est Pomme ? Le Chien jette un coup d'œil dans l'entrée : vide. Le palier : vide. L'escalier de l'immeuble : vide.

— POMME ? POMME !

Le Chien se rue dans la chambre de la petite fille. Le Grand Musc a étalé la couverture sur le lit de Pomme. Et Pomme, justement, Pomme, qui était dans cette couverture, gît maintenant sur le lit, les yeux fermés, si petite, si maigre, si maigre qu'on la croirait transparente. Et ce que ressent Le Chien à ce moment-là, c'est ce qu'il a ressenti, exactement, à côté de Gueule Noire, après que la porte blanche eut tournoyé dans le ciel et que...

— POMME !

Il a sauté sur le lit, s'est jeté sur Pomme et il la lèche, la lèche, la lèche...

Jusqu'à ce qu'elle ouvre les yeux.

— Ah ! c'est toi...

Elle a murmuré ça dans un souffle si ténu que, d'abord, il n'y a pas cru. Il s'est seulement immobilisé. Mais alors, ce qui s'appelle immobilisé. Et cette fois-ci il a entendu, très nettement :

— Salut, Le Chien. Ça boume ?

Et puis, il n'a plus rien entendu du tout. D'abord parce que les bras de Pomme se sont refermés sur lui, et ensuite parce que Le Grand Musc s'est écrié :

— REGARDE ! REGARDE ! ELLE A OUVERT LES YEUX ! ELLE A BOUGÉ ! ELLE A PARLÉ !

Et, tout à coup, un remue-ménage incroyable. Le

Grand Musc qui attrape Le Chien et le presse sur sa poitrine, comme le boucher-lavande, en le couvrant de baisers, puis La Poivrée, puis de nouveau Le Grand Musc, et enfin Pomme qui dit :

— C'est pas tout ça, mais j'ai une faim de loup, moi !

Cette nuit-là, il la passe dans la chambre de Pomme. Elle lui explique tout. Dès qu'elle a vu la niche vide, elle leur a fait le coup de la grève de la faim. Ils se sont d'abord défendus, en prétendant que c'était sa faute à elle, qu'elle avait dû mal fermer la porte de la niche et celle de la caravane. Mais elle a tenu bon. Eux aussi. Tout de même, au bout d'une semaine, ils ont commencé à s'inquiéter. « C'est qu'ils m'aiment, tu comprends. Moi aussi, d'ailleurs, je les aime. Mais faut qu'ils t'aiment aussi, toi, c'est tout. » Bref, préoccupés par la santé de Pomme, ils ont passé des avis de recherche dans des tas de journaux. « Maintenant, t'es connu comme un vrai bandit, Le Chien, t'as ton portrait partout. » Et puis, comme les annonces ne donnaient rien et que Pomme refusait toujours d'avaler le moindre radis, ils sont revenus dans la région où ils avaient livré Le Chien aux camionneurs. « Une vraie enquête, je te jure, comme à la télé. » Mais on ne trouvait rien et Pomme continuait à fondre. Et eux à se désespérer.

— Jusqu'au jour où ils ont décidé de rentrer parce que j'étais trop faible. Ils voulaient me mettre à l'hôpital. Voilà, Le Chien, tu sais tout.

Elle tient le portrait du Chien devant elle. Elle penche la tête.

— C'est toi, ça ? Très joli ! Mais je vais te dire, Le Chien : t'es plus joli en vrai.

Puis, après un regard à la ronde :

— Elle est chouette, ma chambre, dis donc. Jamais été aussi chouette. On y dormira bien, toi et moi.

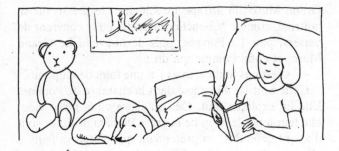

XXXIX

Voilà. C'est ainsi qu'on rentre tranquillement dans le futur. Pomme guérira vite. Le Grand Musc et La Poivrée adopteront définitivement Le Chien. La Poivrée parce qu'il a sauvé Pomme, et Le Grand Musc parce qu'un chien qui, à lui tout seul, transforme votre appartement en terrain vague, ça lui plaît ! vraiment, chapeau ! C'est ce qu'il répétera à tous ses amis, Le Grand Musc.

— Parfaitement ! plus de cinq cents kilomètres qu'il a parcouru, Le Chien. Et, quand on a retrouvé l'appartement, c'est bien simple, on aurait dit le port de Pearl Harbor après l'attaque de l'aviation japonaise !

Il n'y a pas si longtemps que tout cela est arrivé. Aujourd'hui, Le Grand Musc peut attendre vingt bonnes minutes devant n'importe quel pneu.

Ni dresseur - ni dressé
par Daniel Pennac

Je ne suis pas un spécialiste des chiens. Juste un ami. Un peu chien moi-même, peut-être. Je suis né le même jour que mon premier chien. Puis nous avons grandi ensemble. Mais il a vieilli avant moi. A onze ans, c'était un vieillard plein de rhumatismes et d'expérience. Moi, j'étais encore un chien fou. Il mourut. J'ai pleuré. Beaucoup.

Il s'appelait Pec. C'était une sorte de cocker gold (du temps où les cockers ne fréquentaient pas les salons), costaud, fugueur, menteur, bagarreur, un rien voleur, grognon, indépendant, pas le genre à se laisser marcher sur les pattes. Mais, dans la rue, il savait attendre que le feu passe au rouge. Et, comme oreiller, je n'ai jamais rien trouvé de mieux. Ni comme confident. Il lisait mes humeurs sur mon visage, et un froncement de babines, par-ci par-là, m'avait appris à respecter les siennes. Il n'aimait pas qu'on le dérange à l'heure de la soupe et je n'acceptais pas qu'il pose son museau douteux sur mes Tintin à l'heure de la lecture. Il le savait, je le savais. Nous nous entendions bien. Il savait aussi que l'école et moi ne faisions pas bon ménage, et je voyais bien, moi, que certaines règles de la vie familiale lui pesaient. Nous nous consolâmes, l'un avec l'autre, très souvent.

Aujourd'hui, plus de vingt ans après, je passe mes

vacances avec Louke. Louke, c'est autre chose. A l'âge de quatre mois, ce berger de Beauce a décidé de ne plus vieillir. Et, depuis six ans, malgré ses quarante kilos, ses épaules de lutteur et ses crocs de boucher dans sa gueule noire et feu, Louke a toujours quatre mois d'âge mental.

— Ce chien est complètement idiot, dit ma mère.

Mais on voit bien à son sourire qu'elle n'y croit pas elle-même. La vérité est que Louke a roulé toute la famille. Chacun d'entre nous l'a lu au moins une fois dans ses yeux : chez lui, la bêtise est tactique. « On ne peut rien exiger de moi, vous comprenez, je suis beaucoup trop bête... » Voilà ce qu'il semble nous dire lorsque, assis sur son large cul, tête penchée et langue pendante, il accueille l'engueulade comme s'il s'agissait d'un jeu. C'est à cela que s'est exercée toute son intelligence depuis qu'il fréquente les hommes : ne jamais paraître intelligent. Suprême sagesse ! Moyennant quoi il mène une vie paisible, confortable, sans aventure mais sans ennuis, dans une maison qu'il accepte de partager avec nous. Un bon fauteuil et le brouhaha des conversations humaines lui suffisent. Et, de temps en temps, une balade dans les bois avec les adultes, une petite bagarre avec mes neveux, une heure de tendresse la tête posée sur le tablier de ma mère... Il a distribué les rôles et nous nous y tenons. En échange, il accepte de respecter les deux ou trois principes qui rendent possible la cohabitation entre chiens et hommes, et qui se résument à ceci : ne pas fourrer son museau dans les affaires qui ne vous regardent pas.

Entre Pec et Louke, il y eut Kanh. Pauvre Kanh, sombre Kanh, imprévisible et torturé, habité par la peur des hommes... C'était peut-être le plus « intelligent » des trois, et le plus beau, et le plus tout ce qu'on voudra, mais, dobermann qu'il était, c'était à coup sûr le plus malheureux.

Dobermann...

Savait-il exactement ce qu'il faisait, ce collecteur d'impôts allemand du dix-neuvième siècle, monsieur

Dobermann, en inventant *ce chien auquel il donna fièrement son nom* ? *Savent-ils toujours ce qu'ils font, tous ces « purificateurs » de la race canine en créant des chiens sur mesure, chiens de garde, chiens d'enfants, chiens de compagnie, chiens d'appartement, chiens de ceci, chiens de cela, profilés comme des voitures de sport, estampillés comme de l'argenterie de famille, qui gagneront de jolies médailles aux concours de beauté où leurs propriétaires les exhiberont ? Oh, très jolie réussite esthétique ! Très beau, le dobermann ! Très mignon le cocker d'aujourd'hui ! Mais leur cerveau ? La folie de certains d'entre eux, une fois l'âge venu ? Et leur douleur d'être fous ?*

Kanh était un de ces chiens fous. Et malheureux de l'être — car il ne l'était pas toujours. Et c'est le seul chien que j'aie vu pleurer. Réellement pleurer, comme un homme éperdu de douleur et de remords. Dans un de ses moments d'affolement où il ne reconnaissait personne, il m'avait mordu. Dès qu'il eut compris dans quelle main il venait de planter ses crocs, il se mit à sangloter. Sangloter à grandes explosions qui lui secouaient tout le corps. Longs hurlements déchirants entrecoupés de hoquets qui le cassaient en deux. Je m'étais assis tout contre lui et je le caressais. Je murmurais à son oreille que ce n'était rien, que ce n'était pas sa faute mais celle de ce monsieur Dobermann et de tous les autres « purificateurs » de la race canine. Il pleurait, je murmurais. Cela dura longtemps. Puis il s'effondra dans un sommeil peuplé de gémissements. Non, décidément, ce livre n'est pas dédié aux obsédés de races pures, coupeurs de queues et autres tailleurs d'oreilles.

Hormis Kanh et Louke, les autres chiens de ma vie furent de solides bâtards : Fantou, trouvé dans une décharge, sans un poil mais farci de petits plombs, qu'un ami peintre ressuscita et qui vint finir ses jours à la maison ; Petit, le chien de mon frère, gros comme une balle de tennis quand il se réfugia chez lui, et qui, selon le vétérinaire, ne devait pas grandir. (Aujourd'hui, debout sur ses quatre pattes, il pose tranquillement sa tête sur la table.) Sans parler des chiens de rencontre, des amis de mes chiens, des chiens de mes amis... Il me semble qu'ils sont tous là, autour de moi, à me surveiller pendant que j'écris ces lignes. C'est qu'on dit tant de bêtises à propos des chiens... ils ont raison de se méfier.

D'ailleurs qu'ai-je à en dire moi-même ? Peu de choses. Et qui concernent plutôt les hommes. Par exemple ceci : si vous avez un chien, ou quand vous en aurez un, je vous en prie, ne soyez ni dresseurs, ni dressés. Je m'explique : ne soyez pas de ces « maîtres » tout fiers d'avoir transformé leurs chiens en carpette, en fauve, ou en poupée mécanique. « Regardez comme mon chien est intelligent », semblent toujours vous dire ce genre de types ; et pendant qu'ils vantent l'intelligence de leur bête, c'est une bêtise sans limite qui se peint sur leurs visages de dresseurs satisfaits.

Mais ne soyez pas non plus dressés. Ne soyez pas de ces gens qui sont totalement soumis aux quatre volontés de leur chien, qui ne pensent qu'à lui, qui ne parlent que de lui, et dont la vie se résume à ceci : ils ont un chien.

Un minimum de dressage est donc nécessaire. Mais il faut s'entendre sur le sens de ce mot. Le bon dressage est celui qui impose le respect des dignités mutuelles. « Et qu'est-ce que la dignité d'un chien ? » me demanderez-vous : c'est d'être chien. De ce point de vue, le bon dresseur doit commencer par se dresser lui-même, c'est-à-dire par respecter la dignité du chien qui vit auprès de lui s'il veut lui-même se comporter dignement, en homme.

Au fond, le respect des différences c'est la règle même de l'amitié.

Et, à propos d'amis, ceci : si vous avez des amis qui ont peur des chiens, ne leur imposez pas la présence du vôtre, même si c'est le chien le plus gentil du monde. La peur des chiens ne se raisonne pas. Elle est souvent humiliante. Et vous n'avez pas le droit d'infliger cette humiliation à qui que ce soit.

Vous rencontrerez peut-être aussi des gens qui se moqueront de votre amour pour les chiens, qui vous affirmeront que l'amour des chiens cache une incapacité à aimer les hommes... Laissez dire. Ce sont des bêtises.

C'est fou le nombre d'idées toutes faites qui courent sur les amateurs de chiens ! Un tas de gens affirment, par exemple, que l'amour des chiens et l'amour des chats sont incompatibles. Chiens ou chats, selon eux, il faut choisir, on ne peut pas aimer les deux. Dupont, Sarah, Gabriella, Ti'Marcel, quelques-uns des chats de ma vie, doivent bien rigoler en entendant ça ! Et quand un chien ou un chat rigolent, ça se voit...

Je dis cela, parce que, pendant que j'écris ces lignes, Xango, le chien d'un ami, que je garde pendant quelques jours, et qui est couché sous ma table, lève la tête et me regarde en se marrant. Je vous assure qu'il se marre ! (D'ailleurs, il est comme moi, Xango, il adore les chats.)

Voilà. C'est à peu près tout ce que j'avais à dire. Ah ! un dernier mot, tout de même : quand on choisit de vivre avec un chien, c'est pour la vie. On ne l'abandonne pas. Jamais. Mettez-vous bien ça dans le cœur avant d'en adopter un.

TABLE DES MATIÈRES

Chapitre I	5
Chapitre II	8
Chapitre III	11
Chapitre IV	13
Chapitre V	19
Chapitre VI	22
Chapitre VII	26
Chapitre VIII	32
Chapitre IX	35
Chapitre X	38
Chapitre XI	43
Chapitre XII	47
Chapitre XIII	51
Chapitre XIV	53
Chapitre XV	55
Chapitre XVI	58
Chapitre XVII	63
Chapitre XVIII	66
Chapitre XIX	70
Chapitre XX	75
Chapitre XXI	81
Chapitre XXII	86
Chapitre XXIII	89
Chapitre XIV	92
Chapitre XXV	96

Chapitre XXVI 100

Chapitre XXVII 106

Chapitre XXVIII 111

Chapitre XXIX 117

Chapitre XXX 121

Chapitre XXXI 126

Chapitre XXXII 130

Chapitre XXXIII 132

Chapitre XXXIV 134

Chapitre XXXV 138

Chapitre XXXVI 140

Chapitre XXXVII 146

Chapitre XXXVIII 148

Chapitre XXXIX 151

Ni dresseur-ni dressé 153

Aubin Imprimeur Liguge-Poitiers
Achevé d'imprimer en avril 1993
N° d'édition 10015940 / N° d'impression L 42755
Dépôt légal, avril 1993
Imprimé en France

ISBN 2.09.204119.3